प्रतिनिधि कहानियाँ

प्रतिनिधि कहानियाँ

जीलानी बानो

राजकमल प्रकाशन

लिप्यंतरण

ISBN : 978-81-7178-481-3

मूल्य : ₹195

पहला संस्करण : 1995
तीसरा संस्करण : 2019

प्रकाशक : राजकमल प्रकाशन प्रा. लि.
1-बी, नेताजी सुभाष मार्ग, दरियागंज
नई दिल्ली-110 002

शाखाएँ : अशोक राजपथ, साइंस कॉलेज के सामने, पटना-800 006
पहली मंजिल, दरबारी बिल्डिंग, महात्मा गांधी मार्ग, इलाहाबाद-211 001
36 ए, शेक्सपियर सरणी, कोलकाता-700 017

वेबसाइट : www.rajkamalprakashan.com
ई-मेल : info@rajkamalprakashan.com

मुद्रक : बी.के. ऑफसेट
नवीन शाहदरा, दिल्ली-110 032

PRATINIDHI KAHANIYAN
Representative Stories of Zilani Bano

सूची

दुशाला

आख़िर सरवर के समझाने-बुझाने से अम्माँजान का दिल हार ही गया। उनका दिल, जो अब इतना बूढ़ा हो चुका था कि मुदाफ़अत की सकत[1] ही न रही थी और वह दिन आन पहुँचा कि उनका टूटा-फूटा संदूक रस्सियों से जकड़ा दालान में रखा था। सरवर ने उसके ऊपर सुतली से बँधा हुआ बिस्तर, एक लोटा, नाश्तेदान, और पानदान लाकर रख दिया था। बहू ने उन्हें अपना पुराना बुर्क़ा ठीक-ठाक करके दे दिया। इस उम्र में उन्हें अपना चाँद-सा चेहरा चमकाने के लिए अब स्याह बुर्क़े की तो ज़रूरत न थी।

घिसी हुई आधी-आधी सलीम-शाही जूतियाँ, अंगूठों में अटकाए वह सारे घर में सटर-पटर करती फिर रही थीं। अपनी सठियाई हुई यादों को इकट्ठा करके बार-बार सोचतीं कि अभी कौन-कौन-सी चीज़ों की उठा-धरी करनी है ! उन पर वह वहशत सवार हो चुकी थी, जो सफ़र की शुरुआत होती है।

इधर उन्होंने कमरे से बाहर क़दम रखा, उधर उनका पोता तौक़ीर और उसकी बहन जमाल कोठरी का जायज़ा लेना शुरू कर देते थे।

वहाँ की हर चीज़ अम्माँजान के काम की थी। मकड़ी के जाले-भरे, टूटे-फूटे सामान के ढेर पर वह माया का साँप बनी बैठी थीं। जमाल महज़

---

1. आत्मरक्षा की ताक़त।

उन्हें सताने के लिए अगर ज़मीन पर से पान का डंठल भी उठा लेती थी, तो वह चौंक पड़तीं।

"ए बिटिया, क्या लिये जाए है। वह मेरे काम की है।" अब उन्हें दूर से सुझाई थोड़ी देता था। बस यूँ ही अनाप-शनाप कह देतीं।

"यह पान का डंठल भी ··· ?" जमाल बुरा मानकर दिखाती। "देखूँ ···" वह उसकी हथेली अपनी आँखों से लगाकर यक़ीन कर लेतीं।

"मगर तुझे हर चीज़ उठाने का चसका क्यों है?"

उनका जी डूब जाता था। इन बच्चों की वजह से तो हर वक़्त उनकी गर्दन पर तलवार लटकती रहती थी। यह बात न थी कि उन्हें अपने पोते और पोती से नफ़रत हो, मगर जिसके पास दौलत हो, उसका दिल तो धड़का ही करता है। हर तरफ़ डाकुओं के पड़ाव नज़र आते हैं। उनके चार बड़े लड़के, एक लड़की समेत पाकिस्तान सिधार चुके थे। एक सरवर था कि क्लर्की पर क़नाअत[1] किये, बाप-दादा की उस पुरानी हवेली में चिराग़ जला रहा था। उस हवेली की भी अम्माँजान की तरह कमर झुक चुकी थी और दाँत भी टूट गए थे। दरअस्ल सरवर की बीवी न चाहती थी कि वहाँ भी चार जेठानियाँ और एक सास हर वक़्त उसे बहू-बहू पुकारकर उसकी गर्दन झुकाए रखें, मगर अम्माँजान घर न छोड़ने के बहाने अब भी, उसकी गर्दन पर सवार थीं।

वैसे घर से मुराद अब सिर्फ़ उनकी कोठरियाँ थीं। ज्यों-ज्यों घर पर बहुओं और उनकी औलाद का क़ब्ज़ा होता गया, वह पीछे हटती गईं, यहाँ तक कि अब उस टपकती छत की सीली कोठरी पर उनका इजारादारी रह गई थी। वहाँ उन्होंने हर वह चीज़ जमा कर रखी थी, जो उनकी बहुओं के ख़याल में फेंक देने के क़ाबिल थी। वहाँ उनकी ज़िंदगी के सारे टूटे-फूटे ज़ंग लगे कल-पुरज़े पड़े थे। टूटे हुए फानूस के रंगीन टुकड़े। ज़िंदगी-भर सारी तक़रीबों[2] में सियेजानेवाले कपड़ों की कतरनें। उन बच्चों के खिलौने, जिनके बच्चे भी अब खिलौनों से नहीं बहलाए जा सकते। यह सब दौलत

---

1. संतोष; 2. समारोहों।

उन्होंने लकड़ी के संदूक़ों में इतनी एहतियात से छुपा रखी थी, जैसे हनूत[1] करके अपनी यादों की ममियाँ सजा रखी हों। उसमें वह ज़रबफ़्त [2] की अचकन थी, जो अम्माँजान के अब्बा ने दूल्हा बनते वक़्त पहनी थी और उन सुच्ची चीनी की रकाबियों के टुकड़े थे, जो उनकी अम्माँ अपने दहेज़ में लाईं थीं। उनके अब्बा का फ़र्गुल[3] था और उनके दादा का तारीख़ी[4] दुशाला।

जिस वक़्त वह सारी बाज़ियाँ हार के ज़िंदगी के नापीदाकिना[5] समन्दर में गोते लगा रही थीं, तो उस दुशाले की मोहब्बत गुमशुदा जज़ीरे[6] की तरह पा ली थी। उनकी अँधेरी कोठरी में वह हज़ार पॉवर का बल्ब था, जिसकी रौशनी में कोई राह कठिन न लगती थी।

दुशाले का कपड़ा हर-हर तह पर से पापड़ की तरह टूट चुका था, मगर उसके कारचोब[7] में से कई सेर चाँदी निकाली जा सकती है।

यह बात एक दिन बीवी ने सरवर को समझाई।

और दूसरे दिन अम्माँजान अपने बीमार भतीजे को देखने गईं, तो वह दुशाला बड़ी एहतियात से निकाला गया। बहू ने उसकी जगह अपनी पुरानी रज़ाई रखकर सात गठरियों की तहें पक्के टाँकों से सईं। इसी तरह से पुराना इज़ारबंद[8] ऊपर से लपेटकर संदूक़ में रखा। और संदूक के ऊपर सब गठरियाँ, पोटलियाँ, अफ़्यून की डिबिया, दवाओं की शीशियाँ और मलाई का दोना, हर चीज़ यूँ जमाई कि सिवाय गर्द के, कोई चीज़ अपनी जगह से न हिली। अम्माँजान की आँखों में अब इतना दम कहाँ था कि रोज़-रोज़ पक्के टाँके उधेड़कर दुशाले को ज़माने की हवा से मैला करतीं। इसलिए वह बड़े इत्मीनान से बहू की पुरानी रज़ाई सीने से लगाए जिये जा रही थीं। रात-रात-भर जागकर उसकी हिफ़ाज़त करतीं। बात-बात पर ऊँची होकर बहू को जवाब देतीं। बला से उनका बेटा एक-एक पैसे को तरसाए। वह चाहे, तो आज अपने दादा का दुशाला बेचकर ठाठ करे।

---

1. सुगंध लगाकर; 2. सोने-चाँदी के तारों से बनी; 3. लबादा; 4. ऐतिहासिक; 5. असीम; 6. टापू; 7. ज़रदोज़ी; 8. नाड़ा।

उस दुशाले की हिफ़ाज़त के लिए उनके सारे भूले-बिसरे ख़्वाब चौखट पर धरना दिये बैठे रहते थे। अगर ज़रा-सी लापरवाही से ख़ुदा ना ख़्वास्ता[1] दुशाला खो जाए, तो उसके साथ अम्माँजान का बचपन खो जाता, क्वाँरापन खो जाता, ब्याही ज़िंदगी की अज़ीयतनाक़[2] मिठास और बुढ़ापे की तस्कीन-आमेज़[3] कड़वाहट ··· तोबा है। अब इतनी लाशों पर रोने के लिए आँसू कहाँ से आएँगे। इसीलिए तो उन्हें अपने पाँच बच्चों को उनकी औलाद समेत भूल जाना पड़ा था। वहाँ से जिसका ख़त आता, अम्माँजान के लिए तड़प रहा है। उन्हें क्या मालूम कि अम्माँ पर किसकी मुहब्बत खुदाई कर रही है ··· ! वह तो अपनी दानिस्त[4] में छोटे बेटे की मुहब्बत के ताने देते थे, या फिर अम्माँजान से अपना वतन नहीं छोड़ा जाता। अब यह कौन जानता था कि अगर कोई उनकी कोठरिया उठाकर दोज़ख़ में रख दे, तो वह वहाँ भी इस सुक़ून के साथ संदूक़ से पीठ लगाए तस्बीह[5] पढ़े जाएँगी। दिन-भर में सिर्फ़ दो-तीन बार किसी ख़ास ज़रूरत के लिए खुले आसमान तले गुज़रती थीं। उनकी बला से यह आसमान हिंदुस्तान का हो या पाकिस्तान का।

कभी-कभी जमाल उनका पल्लू पकड़कर ठुनकने लगती, ''दीदी, हमें लकड़दादा का दुशाला दिखाइए !''

''अच्छा, अच्छा, किसी दिन दिखा दूँगी,'' वह टाल जातीं, क्योंकि सामान खोलकर बैठती थीं, तो जमाल और तौक़ीर छीना-झपटी शुरू कर देते थे। कोई फ़ानूसों के शीशे लिये भागा जा रहा है। कोई मिट्टी की टूटी गुड़िया पार करने की फ़िक्र में है। घबराकर वह संदूक़ बंदकर देती थीं। अगर यूँ दानी बनकर बैठतीं, तो यह गंजहा-ए-गरानुमा[6] कैसे जमा हो पाते। नवादिरात[7] जमा करना जान-जोख़िम का काम है। यह तो कुछ वही जानता है, जिसने अम्माँजान की तरह अपना ऐश व आराम तज दिया हो।

---

1. ख़ुदा न करे; 2. यातनाजनक; 3. सांत्वनापूर्ण; 4. समझ; 5. माला 6. दुर्लभ वस्तुएँ; 7. दुर्लभ वस्तुएँ।

वह तो ज़िंदगी के बचे-खुचे दिन भी इसी तरह गुज़ारने का पक्का इरादा किये बैठी थीं कि उनके बड़े बेटे का ख़त आया। उनकी बड़ी पोती का ब्याह तय हो चुका था। अगर अब भी अम्माँजान न आईं, तो फिर कभी न आएँ। उनके बेटे समझते थे कि अम्माँ टूटे ठीकरों के नीचे सोने की ईंटें छुपाए बैठी हैं। कहीं ऐसा न हों कि किसी दिन अम्माँ के सो जाने का तार आ जाए और सरवर के नसीब जाग उठें। कोठरिया की दौलत ज़िंदगी की तरह प्यारी थी, मगर ज़िंदगी तो न थी। क्या मालूम कल को उनकी आँखें पट से बंद हो जाएँ और उनके बच्चे पाकिस्तान में बैठे उन्हें पुकारते रह जाएँ।

उन्हें समझाने के लिए हालात अपनी दलीलें लेकर आए और वह बेबस हो गईं। सरवर को तो अल्लाह मियाँ ने छप्पर फाड़कर मौक़ा दिया था। झटपट पासपोर्ट तैयार करवा लाया। साथ के लिए एक दोस्त भी ढूँढ दिया। बहू ने आनन-फ़ानन सामान तैयार करके दालान में रख दिया। मारे मुहब्बत के अम्माँजान के लिए ख़ालिस घी की कहकर वनस्पति में खजूरें भी तल दीं।

अम्माँजान ने दुशाला जैसी क़ीमती चीज़ साथ ले जाना मुनासिब न समझा। कौन जाने वहाँ उनके बेटे उलटी-सीधी पट्टी पढ़ाकर दुशाला हथिया लें तो · · · ! और जो कुछ संदूक़ में भरा जा सका, ठूँस लिया। जब उन्होंने एक भरपूर निगाह डालकर कोठरी का ताला लगाया, तो आँखों से सैलाब उमड़ पड़ा, जैसे उन्होंने ज़िंदगी की सारी हारें, सब जीतें अंदर बंद कर दी हों। फिर वह बहू से लिपटकर ख़ूब रोईं।

''अब यह कोठरी तुम्हारे हवाले कर रही हूँ। मेरे बाद तुम ही इसकी मालिक होगी।''

यह बात उन्होंने बड़े सोच-विचार के बाद कही थी, ताकि बहू अभी से बेसब्र न हो जाए।

''दादी, आप लकड़दादा का दुशाला कौन-से संदूक़ में रखे जा रही हैं?'' तौक़ीर ने बड़ी उत्सुकता से पूछा।

''ख़बरदार, जो दादी को जाते वक़्त सताया,'' बहू ने उसके दो थप्पड़

लगाए और अम्माँजान को क़सम खाकर यक़ीन दिलाया कि वह कोठरी की कोई चीज़ न छुएगी।

रेल में बैठीं, तो उनका जी बिलकुल हलका था। उन्होंने कोठरी में वह मोटा अलीगढ़ का ताला डाला था।

सिर्फ़ तीन महीने की तो बात है। उन्होंने ग़ैर-इरादी तौर पर इज़ारबंद की कुंजी टटोली।

बंबई पहुँचकर एक हफ़्ता होटल में ठहरना पड़ा। सरवर के दोस्त ने जाने क्या मुश्किल-सा नाम बताया कि अम्माँजान का 'वह' नहीं बना है। आख़िर अल्लाह-अल्लाह करके थकी-हारी अम्माँजान जहाज़ में सवार हुईं। तब सरवर के दोस्त ने जेब में से एक पोस्टकार्ड निकालकर उन्हें सुनाया। यह पोस्टकार्ड उनके पोते तौक़ीर ने बड़ी नस्तालीक[1] उर्दू में लिखा था–

> दादी जान,
>
> सलामुन अलैकुम और क़दमबोसी[2],
>
> यहाँ सब ख़ैरियत है और आपकी ख़ैरियत नेक मतलूब[3]। दीगर अहवाल यह है कि जनाब लकड़दादा साहब का दुशाला कहीं न मिला। मैंने और जमालो ने सारा कमरा छान मारा। बरा करम बवापसी डाक मतले[4] फरमाएँ कि आप दुशाला कहाँ रख गई हैं ··· ! जमालो आपको सलाम लिखवा रही है। फ़क़त
>
> आपका ख़ादिम,
> तौक़ीर मिरज़ा
> मतअलम[5] जमात पंचम (अलफ़)
> बक़लम ख़ुद

ख़त सुनाने के बाद सरवर के दोस्त ने देखा कि अम्माँजान उस दुशाले की तलाश में कहीं जा चुकी हैं। ताज्जुब के मारे उनका मुँह खुला रह गया था और मुट्ठियाँ भिंची हुई थीं ··· जैसे वह दुशाले को पकड़े लटकती रह गई हों ···

---

1. ठेठ; 2. चरण-स्पर्श; 3. शुभ चाहता हूँ; 4. सूचित; 5. छात्र।

पराया घर

तमाम घर एक जैसे हैं। कहीं मैं किसी और घर में न पहुँच जाऊँ? जब वह मुझे हॉस्पिटल से घर ले जा रहे थे, तो मैं बार-बार यही सोच रहा था।

हॉस्पिटल के डॉक्टर कह रहे थे कि कार के हादसे में मुझे शदीद[1] चोट आई थी, मगर वह सब झूठे हैं। अगर मुझे चोट लगी थी, तो उसका एहसास क्यों न हुआ।

वे सब मुझे मानीखेज़[2] नज़रों से देखते रहे और हर वक़्त मेरे बिस्तर के पास पहरा देते रहते थे, जैसे मैं उठकर कहीं भागनेवाला हूँ।

आख़िर वही हुआ, जिसका मुझे डर था।

वे लोग मुझे जाने किस पराये घर में छोड़ गए। जैसे ही मुझे सबने पकड़कर बिस्तर पर लिटाया, कोई औरत ज़ोर-ज़ोर से चिल्लाने लगी, "हाय ! यह क्या हो गया? ··· नहीं ··· नहीं ··· यह मेरा हामिद नहीं हो सकता। इसे कुछ नहीं हुआ ··· "

और फिर किसी बच्चे ने पूछा, "अम्मी, यह चादर ओढ़े कौन लेटा है, अब्बा के पलंग पर?"

अब तो इसमें कोई शक न रहा कि मैं ग़लती से किसी और के घर में आ गया हूँ। मुझे हमेशा इसी बात का डर लगा रहता था कि अगर

---

1. तीव्र; 2. अर्थपूर्ण।

मैं भूलकर किसी और के घर में घुस जाऊँ, तो क्या होगा? कहीं घर के मर्द न आ जाएँ … चलो, भागो … भागो … मगर लोग मुझे चारों तरफ़ से पकड़े बैठे हैं।

"चुप रहो … चुप रहो भाभी …" दूसरे कमरे में कोई मर्द सबको चुप कराता फिर रहा था, "तुम लोग इतना शोर मचाओगे, तो वह और भी पागल हो जाएगा … अब किसी तरह उसे बहलाओ, ताकि उसका जी घर में लगे …"

बहलाओ … बहलाओ के क्या मानी? यानी मैं अपना घर छोड़के इस घर में रह पड़ूँ। आख़िर यह है कौन बुज़दिल जो अपनी बीवी को ख़ुद नहीं पाल सकता और मुझे ज़बरदस्ती अपने पलंग पर सुला रहा है। हो-न-हो यह सब लुटेरे हैं। मुझे लूटना चाहते हैं। मेरी कुंजियाँ कहाँ गईं! मेरी कुँजियाँ दे दो … अफ़्फ़ोह … जाने किस अहमक़ का घर है कि रौंशनी का कमरे में नाम भी नहीं है।

आज अभी तक सूरज क्यों नहीं निकला? … कहीं उसे भी किसी और घर में क़ैद न कर दिया हो …

या शायद अब रात हो … मगर रात आई किधर से? रात होती, तो चाँद-तारे छत पर निकलते … चंदा मामूँ दूर के … चंदा मामूँ आओ … आओ … कौन आया है? क्या सूरज साहब आ गए … हाँ, सूरज को अब आ जाना चाहिए। अगर किसी दिन सुबह हो जाए और सूरज न निकले, तो क्या ग़ज़ब हो!

फिर मैं न तो शेव कर सकूँगा, न चाय पी सकूँगा। भला इस अँधेरे में कोई शेव कर सकता है! कहीं अपनी गर्दन ही न काट लूँ। हास्पिटल का डाक्टर कहता था कि अपने हाथ से शेव मत करना … क्यों? … क्या वे समझते हैं कि कार के हादसे में मेरे हाथ भी कट गए हैं …

अब शेव का सामान भी कैसे मिलेगा? मेरी कुंजियाँ ही खो गई हैं। मेरी हर चीज़ ग़ायब है। डाकू मेरी सारी दौलत ले भागे हैं। इस घर में

तो चोरों की बस्ती आबाद है। वे सब मुझे ताज्जुब से देखते हैं ... आपस में काना-फूसी करते हैं ... और वह खाना लेकर आनेवाला फ़ज़लू तो मुझे देखकर ज़ोर-ज़ोर से हँसता है ... बदतमीज़, जाहिल, गँवार ...

शायद वे सब बेचारे किसी हादसे में पागल हो गए हैं, मसलन कहीं कार में जा रहे होंगे कि अचानक ... ओफ़्फ़ोह ... मेरे सिर में कैसा शदीद[1] दर्द हो रहा है। यक़ीनन किसी ने मेरे सिर पर पत्थर मारा है। जी चाहता है कि मैं भी ईंट का जवाब पत्थर से दूँ। सबको मार-मारकर भुरकस निकाल दूँ।

मगर इस वक़्त तो इतने नरम बिस्तर से उठने को दिल नहीं चाह रहा है और फिर उस आदमी से भी डर लग रहा है, जो दरवाज़े के ऊपर एक छोटी-सी खिड़की में बैठा हर वक़्त झाँकता रहता है। मेरी तरफ़ बड़ी तन्ज़[2] भरी नज़रों से देखता है, जैसे कह रहा हो ... क्यों, कैसे पकड़े गए ?

"जाओ ... यहाँ से चले जाओ ... मुझे छोड़ दो," मेरे चीख़ने की आवाज़ सुनकर एक मोटी-सी थल-थल औरत अंदर आती है। उस औरत का नाम नमो है।

(मुझे जाने कैसे यह बात मालूम हो गई है ?) वह यह ढोंग रचाए हुए है कि मैं उसका शौहर हूँ ... यह भी ख़ूब रही ... इतनी क़ाबिले-नफ़रत, बदशक्ल, और भद्दी औरत मैंने पहले कभी नहीं देखी। मैं उससे साफ़-साफ़ बात कर चुका हूँ कि फ़िलहाल तो मैं तुम्हें जूते से भी छूने का इरादा नहीं रखता। इसके बावजूद वह कई-कई बार कमरे में आकर मुझे डाँटती है। चुपचाप लेटे रहने का हुकम देती है। इस बात से मुझे कुछ शुब्हा होता है कि वह यक़ीनन अगले जन्म में किसी-न-किसी मुझ जैसे मज़लूम इंसान की बीवी ज़रूर रही होगी।

इस वक़्त भी वह अंदर आकर पूछती है, "कौन आया है ? आप किसे डाँट रहे हैं ?"

"यह आदमी ! आखिर यह चौबीस घंटे मुझे क्यों घूरे जाता है !"

---

1. तीव्र, 2. व्यंग्य।

में हाथ उठाकर खिड़की में बैठे उस आदमी को ठेंगा दिखाता हूँ।

"या अल्लाह ··· मेरे ऊपर रहम कर ··· "नमो अपने माथे पर हाथ मारके कहती है।

"वह भी कोई आदमी है, जिससे आप डर रहे हैं। वह तो आपकी फ़ोटो है। क्या आप अपने-आपको भी भूल गए?"

नहीं ··· यह कैसे हो सकता है कि वह आदमी मैं हूँ! अगर वह आदमी 'मैं' हूँ, तो फिर 'मैं' कौन हूँ? हम दोनों में से असल 'मैं' कौन है? यह तो बड़ी गड़बड़ हो गई! अगर किसी को मालूम हो गया कि अस्ल 'मैं' कोई और है, तो क्या होगा? अब मुझे जल्दी से कहीं छुप जाना चाहिए। मेरी रज़ाई कहाँ गई ··· ? अब चाहे मुझे कोई कितना ही पुकारे, मैं हरगिज़ जवाब नहीं दूँगा।

दूसरे कमरे में कोई बार-बार मेरा नाम लेकर कुछ कह रहा है। "वह पागल नहीं हुआ है ··· तुम लोग उसका इलाज नहीं करवाते क्योंकि तुममें से कोई भी नहीं चाहता कि वह फिर सेहतमंद होकर तुम्हारी गर्दन पर सवार हो जाए ··· "

"इतनी जायदाद ··· बैंक-बैलेंस ··· सात सौ रुपये पेंशन ··· "

यह आदमी यक़ीनन नमो का शौहर है। मुमकिन है, अब पागल हो गया हो ··· या फिर से सब मिलकर मुझे पागल बनाने की साज़िश कर रहे हैं। मुझे दो टुकड़ों में बाँटकर ऊपर लटका दिया गया है। यह लोग मुझे हॉस्पिटल से अग़वा करके लाए हैं।

कौन है ··· कौन मेरी रज़ाई खींच रहा है ··· मैं यहाँ नहीं हूँ। मैं तो ऊपर खिड़की से झाँक रहा हूँ।

नमो फिर मेरे पास आई है। उसके हाथ में अंगूरों से भरी एक प्लेट है और साथ में चंद तमाशाई भी हैं, जिन्हें वह मेरा तमाशा दिखाने लायी है।

वह बड़ी मुहब्बत से अंगूर मेरे सामने रखकर कहती है, "हामिद ··· ज़रा होश में आइए ··· देखिए, आपकी चची अम्माँ आई हैं। नशात और

अख़्तर आए हैं। क्या आप इन्हें भी भूल गए?''

''कहिए, कैसे मिज़ाज हैं,'' एक साहब मेरे क़रीब बैठकर पूछते हैं। ''अच्छा, अच्छा, समझ गया !'' मैं उस आदमी को पहचानकर कहता हूँ ! ''तुम हॉस्पिटलवाले हो ! मुझे इंजेक्शन देने आए हो।'' मैं जल्दी से उठकर अपने बचाव के लिए गुलदान हाथ में उठा लेता हूँ।

''चले जाओ ... यहाँ से चले जाओ, वरना सबके मिज़ाज बहाल कर दूँगा।'' फिर मैं रोती हुई नमो को भी एक लात झाड़कर कहता हूँ, ''बस करो एक्टिंग ... मैं मदारी का बंदर नहीं हूँ, तुम जिसका तमाशा सबको दिखाती हो। कहो तो अभी सबके सामने तुम्हारा भी तमाशा शुरू कर दूँ।''

अब तो इस घर से भागना ही पड़ेगा। वाह ! कैसा मज़ा आएगा, जब किसी दिन यह लोग मुझे इस बिस्तर पर न पाएँगे और चिल्ला-चिल्लाकर मेरी जायदाद और पेंशन के लिए रोएँगे।

मगर उस दूसरे 'मैं' ने तो सारा मामला ही चौपट कर दिया है। वह कमबख़्त हर वक़्त मेरी निगरानी करता है। आख़िर मैं, क्यों दो हिस्सों में टूट गया। ऐसा टूटा-फूटा इनसान करे, तो क्या करे? उस दिन मेरे कमरे में दो बच्चे भेजे गए।

दस-ग्यारह बरस का एक लड़का, बेहद शक्की मिज़ाज और मोहतात[1] क़िस्म का लड़का पप्पू ... एक बार-बार देख रहा था कि मेरे हाथ में पत्थर तो नहीं है और एक बेहद खूबसूरत मुन्नी-सी बच्ची। छोटी-सी गुड़िया, जो चाबी देने से चूँ-चूँ बोलती है।

''चूँ ... चूँ ... आओ ... आओ ... ''

लेकिन मेरे बुलाने से पहले ही वह मुझसे आकर लिपट गई और पप्पू के मना करने के बावजूद अपने सुनहरे बाल मेरे सीने पर फैलाके कहने लगी, ''अब्बा ... अब्बा ... आपके सिर में चोट कैसे लगी? ... अब्बा, अब्बा ... पप्पू आपसे डरता है ... अब्बा, अब्बा ... आप हमें तो नहीं मारेंगे न !'' फिर मेरे चेहरे को अपने दोनों हाथों में थामकर आहिस्ता से बोली,

---

1. सावधान।

"हमें एक छोटा-सा प्लेन ला दीजिए। उसी में बैठकर अपन दूर चले जाएँगे।

"ख़ूब दूर ... ऊँ ... जूँ ... जूँ ... "

अचानक हम दोनों वाकई छोटे-से प्लेन में बैठकर उड़ने लगे। "टा ... टा ... टा ... टा ... " चूँ-चूँ हाथ हिलाकर नीचे रह जाने वाली ज़लील मख़लूक़[1] से कहती है–

"टा ... टा ... टा ... टा ... " मैं भी हाथ हिलाकर उस अजनबी घर के लोगों से कहता हूँ।

"ठहरिए ... आप कहाँ जा रहे हैं?"

आख़िर इन कमबख़्तों ने मुझे पकड़ ही लिया।

"इतनी तेज़ी से मत भागिए ! आपकी तबीयत अच्छी नहीं है।" नमो पीछे से मुझे पकड़ लेती है।

"मुन्नी, उतर नीचे ... अब इनके कंधे पर सवार होने की आदत छोड़ दे। तेरे अब्बा की तबीयत अच्छी नहीं है।"

"छोड़ो ... हमें छोड़ो। हम प्लेन में दिल्ली जा रहे हैं। बहुत दूर जा रहे हैं ... टा ... टा ... टा ... टा ... "

लेकिन मुन्नी को ज़बरदस्ती उतरना पड़ा। मुझे भी मजबूरन अपने कमरे में आकर लेटना पड़ा।

अब नमो मेरे पास बैठकर बड़े नाज़ से कहती है, "ख़ुदा का शुक्र है ! आप अपने बच्चों को नहीं भूले !"

फिर वह चूँ-चूँ की तरह मेरे चेहरे को अपने दोनों हाथों में थामकर मेरे और क़रीब आ जाती है।

"सच्ची ... मैं तो डर ही गई थी कि अगर आप अपने बच्चों को भूल गए, तो हमारा क्या होगा?"

"क्यों, तुम्हारा क्या बिगड़ गया?" मैं उससे दूर हटकर बैठ जाता हूँ।

"ए वाह ... अब क्या मैं कमाने निकलती ! आपकी पेंशन आ रही

---

1. कमीने लोग।

है, तो घर चल रहा है। अब इस थोड़ी-सी जायदाद का सहारा ही तो रह गया है। इम्तियाज़ की माँ तो ख़ूब ऐश करके मर गई। अब आपने मुझसे ब्याह क्यों किया था ? मैं इन छोटे-छोटे बच्चों को लेकर कहाँ जाऊँ ?''

यह औरत यक़ीनन पागल है। अभी रोना शुरू किया था। अभी झट से हँसने लगी और काग़ज़ मेरे सामने रख दिया।

''लो, इस पर दस्तख़त कर दो।''

''यह क्या है ?'' मैं गौर से देखता हूँ कि कहीं मेरी ग़ुलामी का दस्तावेज़ तो नहीं है। शायद इस बात का इक़रार हो कि मैं दो हिस्सों में बँट गया हूँ। एक तो ऊपर खिड़की में से झाँक रहा हूँ और एक यहाँ इन ज़ालिमों के चंगुल में फँसा बैठा हूँ।

''क्या देख रहे हैं। दस्तख़त कर दीजिए न !'' नमो यूँ बेक़रार है, जैसे अंगारों पर खड़ी हो। मैं बड़े गौर से काग़ज़ देखता हूँ ... एक हज़ार ... एक हज़ार के हिंदसे[1] उभरकर मिट रहे हैं। अच्छा, तो यह सिर्फ़ पैसों की बात है।

मैं जल्दी से दस्तख़त कर देता हूँ।

''अम्मी ... अगर अब्बा दस्तख़त करना भी भूल जाते, तो क्या होता !'' हमारे क़रीब खड़ा हुआ पप्पू कह रहा है। पप्पू के क़रीब फ़ज़लू है। फ़ज़लू के क़रीब शम्मी .... और जाने कौन मम्मी-अम्मी हमें घेरे खड़े हैं।

''साहब, क़लम पकड़ना भूल जाते, तो सारी दौलत हाथ से गई थी !''

यह बात सड़े सीताफल के बीजों जैसे दाँतों वाले फ़ज़लू साहब फ़रमा रहे थे।

''तू चुप ... चोप ... चोप ... !'' मैं अचानक उसे डाँटना शुरू कर देता हूँ, ''बड़ा आया दौलत का तमाशा देखनेवाला ... और तू मुझे देख-देखकर क्यों हँसता है बे ! यहाँ कोई मदारी का तमाशा हो रहा है या मेरे सिर पर सींग उग आए हैं !''

---

1. अंक।

मेरी बात सुनकर सब हँस पड़ते हैं और मुझे शक होता है कि वाकई मेरी सूरत में कोई गड़बड़ हो गई है या फिर यह बात हर शख़्स को मालूम हो चुकी है कि मैं आधा वहाँ खिड़की में हूँ, जभी तो सब मुझे इतने गौर से देखते हैं। हद यह है कि खिड़की में बैठा हुआ मैं भी अपने-आपको बड़ी हैरानकुन नज़रों से देख रहा हूँ। नहीं ⋯ अब यह ऊल-जलूल हरकतें छोड़ देना चाहिए। कल जब मैं एक मक्खी को मारने के लिए सारे घर में लकड़ी लिये फिर रहा था, तो बहुत-से बल्ब टूट गए। शीशे की अलमारी अंधी हो गई और नमो कहने लगी, "सब लोग मेरा तमाशा देख रहे हैं।" ऐसा मालूम होता है कि सारे शहर के सिनेमा-हाल बंद हो चुके हैं। जभी तो लोग तमाशा देखने इस घर में आ जाते हैं, बल्कि तमाशा करने भी ⋯ कल दोपहर यहाँ डाइनिंग हाल में मैटनी-शो चल रहा था। वही ख़ूबसूरत-सी लड़की शम्मी हीरोइन थी और एक लंबा-सा काला नौजवान हीरो था ⋯ वह लोग बड़े रूमानी मूड में थे। यह चोरी है ⋯ सरीहतन[1] चोरी ⋯ मैंने सोचा, कि यह मंज़र तो हर हिंदुस्तानी पिक्चर में देख चुका हूँ। बस अब गाना शुरू होगा ⋯ तू मेरा चाँद ⋯ मैं तेरी चाँदनी ⋯ अगर वाकई गाना शुरू हो गया, तो मैं पागल हो जाऊँगा। "बंद करो ⋯ ख़ुदा के लिए बंद करो यह सीन !"

मैं चिल्लाया, तो उन्होंने डर के मारे सचमुच उस सीन को अधूरा छोड़ दिया।

हीरो तो कुलाँचे भरता हुआ बाहर भागा और हीरोइन आकर मेरे कदमों से लिपट गई।

"अब्बा ⋯ अब्बा, मुझे मुआफ़ कीजिए ⋯ " मैंने उसका हाथ झटककर बिलकुल किसी हीरोइन के बाप के अंदाज़ में जवाब दिया, "मैं आपके ऐसे फ़िज़ूल ड्रामे में कोई पार्ट नहीं कर सकता !"

इतने में कहीं से चूँ-चूँ आ गई।

आज उसकी गोद में कागज़ की बहुत-सी कतरनें थीं।

---

1. स्पष्टतः।

''जल्दी लीजिए अब्बा ··· इतने बहुत-से रुपए लाई हूँ,'' उसने मेरी गोद में काग़ज़ डाले, तो वे सचमुच के नोट बन गए।

''अब इस नोट का केक लाएँगे ··· और इस नोट का प्लेन ला ··· और इस नोट का अब्बा के लिए सिगरेट और इस नोट का ··· '' वह एक-एक नोट उठाकर बड़ी गृहस्थिनों के अंदाज़ में गोद में रखती जाती है।

''और इस नोट के अब्बा ··· ''

''हट पागल ··· '' पप्पू कहता है, कहीं नोट से अब्बा ख़रीदे जाते हैं ?''

''क्यों अब्बा, आपने हम सबको एक नोट से ख़रीदा है न ?''

''हाँ, और क्य ··· तुम सबको मैंने ख़रीदा है। तुम सब मेरे ग़ुलाम हो। सब मेरे हुकम पर यहाँ खड़े हो जाओ।''

मैं हुकम देता हूँ, मगर कोई नहीं सुनता।

''पप्पू, तू उल्लू का पट्ठा है !'' मुन्नी कहती है।

''अम्मी कहती हैं, रूपये हों, तो हर चीज़ ख़रीद सकते हैं।''

तो फिर मैं क्यों न इस दूसरे 'मैं' को ख़रीद लूँ। मैं सोचता हूँ ··· और मुन्नी से सब रुपये छीनकर अपनी गोद में छुपा लेता हूँ।

''जाओ, भाग जाओ। यह सब रुपये मेरे हैं।''

''नहीं, मेरे हैं,'' मुन्नी रोने लगती है, ''मेरे रुपये अब्बा ने ले लिये। दे दीजिए ··· ''

''इन काग़ज़ों का आप क्या करेंगे ? मुन्नी को दे दीजिए न !'' उसकी आवाज़ सुनकर नमो अंदर आ गई।

''मैं इन रुपयों से एक 'मैं' ख़रीदूँगा। तुम चाहती हो, मैं हमेशा अधूरा रहूँ ? दो टुकड़ों में बँटा हुआ रहूँ ?''

''अल्लाह ख़ैर !'' नमो मेरी डाँट सुनकर सहम जाती है।

''जाओ बच्चो, तुम बाहर खेलो। तुम्हारे अब्बा को फिर दौरा पड़नेवाला है।''

वह मुझे कमरे में बंद करके चली जाती है।

आज अख़बार में ख़बर आई है कि राबर्ट कैनेडी को किसी ने गोली मारके हलाक कर दिया।

मैं भी दुश्मनों को फ़ायर कर देना चाहता हूँ, लेकिन मेरा पिस्तौल तो कैनेडी का क़ातिल उधार ले गया, वरना मैं इस दुनिया में इतने वहशी और निकम्मे लोगों को रहने देता?

खास तौर पर नमो ··· फ़ज़लू और इम्तियाज़ ··· इन तीनों को तो ज़रूर शूट कर देना चाहिए। फिर देखना, उस दिन सूरज कैसा चमकीला निकेगा। लोग कितना हँसेंगे।

ठाँय ··· ठाँय ··· ठाँय ··· मैं अपने हाथों की बंदूक़ बनाकर निशानाबाज़ी की मश्क[1] शुरू कर देता हूँ। लोग मेरे निशाने की ज़द में आकर धड़ाधड़ गिर रहे हैं। नमो, फ़ज़लू और हॉस्पिटल का वह सूअर की सूरत डाक्टर, जिसने मुझे ज़बरदस्ती उस पराये घर में भिजवाया और पेंशन ऑफ़िस का वह क्लर्क, जो मुझे हर महीने देखकर मुस्कुराता है। सब मर गए। चलो, अब ख़ूब मौज उड़ाओ। कबाब खाओ।

आज मुझे कितनी भूख लग रही है। गुज़श्ता एक बरस से मैंने खाना नहीं खाया है। आज मैं कबाब खाऊँगा। ख़ूब मिर्च-मसालेदार ··· चटपटे और अगर कबाब न मिले, तो इम्तियाज़ को भूनकर खा जाऊँगा।

कबाब लाओ ··· जल्दी ··· कबाब वांटिड ···

मगर कबाबों की बजाय फिर इम्तियाज़ आ गया !

यह लड़का भी इसी घर का एक फ़र्द[2] है और इनकी वालिदा मोहतरमा बार-बार यह जताती रहती हैं कि यह नाख़लफ़[3] साहबज़ादे भी मेरी ही औलाद हैं ··· लाहौल वला ··· मुझे तो ऐसा लगता है कि अगले जन्म में भी हम एक-दूसरे के दुश्मन ही थे, क्योंकि अब भी इम्तियाज़ की नज़रों में मेरे लिए हिकारत और नफ़रत भरी रहती है, और जब भी उसकी तरफ़ देखता हूँ, तो बेइख़्तियार मुँह से निकल पड़ता है, "अच्छा, तुम्हें भी समझूँगा

1. अभ्यास; 2. प्राणी; 3. नालायक।

बेटा !''

पता नहीं, यह लड़का किसकी दौलत पर अकड़ता फिरता है। सिगरेट का धुआँ मेरे मुँह पर छोड़ता हुआ गुज़र जाता है। और हर वक़्त माँ-बेटे में रुपए-पैसे के लिए लड़ाइयाँ होती हैं। रात को एक-दो बजे वह नशे में चूर घर लौटता है, तो शायद यह समझता होगा कि मैं शराब की बदबू को नहीं पहचान सकता। मुझे तो उसकी माँ की दीदा-दिलेरी [1] पर हैरत होती है कि इतने आवारा, निकम्मे, लड़के को मेरा बेटा बनाने की जुर्रत उसने कैसे की !

मैं अब बूढ़ा हो गया हूँ। मैंने भी दुनिया देखी है। मेरा जी चाहता है, इम्तियाज़ के मुँह पर इतने तमाचे मारूँ कि उसे अपना सचमुच का बाप याद आ जाए, मगर उसके हट्टे-कट्टे बदन से डर लगता है। जाने कौन बदनसीब बाप होगा, जिसकी क़िस्मत में ऐसी औलाद लिखी थी।

आज भी उसने आते ही मुझे हुकम दिया।

''जल्दी तैयार हो जाइए। आज सात तारीख़ है। पेंशन लाने मेरे साथ चलना है।''

मुझे बाहर जाने और पेंशन लाने से बड़ी ख़ुशी होती है। उस दिन हम ख़ूब बाज़ारों की सैर करते हैं। जब मैं अपनी पेंशन के इतने बहुत-से रुपए अपनी जेब में रखता हूँ, तो इम्तियाज़ मुझे इन पैसों की कुलफी-मलाई ला देता है। उसके बाद वह मुझे घर छोड़के कहीं चला जाता है, तो उसकी माँ ख़ूब चीख़-पुकार करती है। इसलिए अकसर सात तारीख़ को मुझे लोग इधर-से-उधर घसीटते फिरते हैं। नमो कहती है, मैं उसका हूँ, इसलिए वह मुझे पेंशन लाने अपने साथ लेकर जाएगी। इम्तियाज़ कहता है, मुझ पर सिर्फ़ उसका हक़ है, इसलिए अपने साथ मुझे वह लेकर जाएगा, मगर आज मैं इम्तियाज़ को जलाने के लिए उसकी बात अनसुनी कर देता हूँ।

''मेरे कबाब कहाँ हैं ? जल्दी लाओ। मुझे भूख लगी है।''

''आप कपड़े तो बदल लीजिए, वह बड़ी मुहब्बत से कहता है, ''आज

---

1. दुस्साहस।

आपकी सारी पेंशन के आपको कबाब खिला दूँगा।''

आज इम्तियाज़ मुझ पर कितना मेहरबान है। आज मुझे न तो वह बार-बार डाँटता है, न धक्के दे-देकर कपड़े पहनने पर मजबूर करता है।

या अल्लाह ˙ ˙ ˙ कबाब कितने महँगे होंगे—सात सौ रुपए में एक प्लेट कबाब ! हटाओ आज मैं कबाब भी नहीं खाता। इम्तियाज़ के साथ बाज़ार की सैर भी नहीं करूँगा। आख़िर मैं क्यों जाऊँ पेंशन लाने ! अभी अगर रज़ाई तानकर सो जाऊँ तो कभी आँख न खुले। बस आज यही फ़ैसला किया है माबदौलत ने। कपड़े बदलकर कहीं जाना तो एक आफ़त है। सारा घर इकट्ठा हो जाता है। कोई शेव करवा रहा है। कोई मुँह धुला रहा है। उस दिन इम्तियाज़ ख़ुद इस्तरी करके मुझे कपड़े पहनाता है कि लोग मुझे ऐसी हालत में देखकर क्या कहेंगे।

लोग ⋯ लोग ⋯ जाने वह कौन लोग हैं, जिनसे इस घर के रहनेवाले इतना डरते हैं। कहीं मुझे वह लोग मिल जाएँ, तो इस घर का सारा कच्चा चिट्ठा सुना डालूँ। यह तक बता दूँ कि परसों नमो की ग़ैर-मौजूदगी में दूसरी चाबी लगाकर इम्तियाज़ ने अलमारी में से कई ज़ेवर निकाल लिए हैं। और शम्मी जल्दी ही उस काले भुजंग नौजवान के साथ घर की दौलत समेत फ़रार होनेवाली है। मैं दिन-भर परदे के पीछे से झाँक-झाँककर सब देखता रहता हूँ। एक दिन पप्पू देगची में से बोटियाँ चुन-चुनकर खा रहा था। मैंने अचानक उसे डराया, तो सबको सख़्त हैरानी हुई कि आख़िर मैं डाइनिंग हाल में कैसे पहुँचा और कब से वहाँ छुपा खड़ा था।

और यह फ़ज़लू तो इतना चालाक है कि क्या कहूँ। मेरे लिए खाना लाकर तिपाई पर रखता है और ख़ुद ही खाने बैठ जाता है। उसके जाने के बाद एक दिन मैंने दरवाज़े से कान लगाकर सुना। वह नमो से कह रहा था कि साहब को खाना खिला दिया है।

''नहीं, नहीं ⋯ मैंने खाना नहीं खाया है। मुझे बहुत भूख लगी है। जल्दी से खाना दो !'' मैंने खाने के कमरे में जाकर कहा।

''यह एक और मुसीबत है,'' नमो शम्मी से कहने लगी, ''अभी फ़ज़लू

ने खाना खिलाया है और फिर भूख लगी है।"

"ज़्यादा खाने से आपकी तबीयत ख़राब हो जाएगी ··· न ··· जाइए, आराम कीजिए !" शम्मी मुझे कमरे की तरफ़ धकेलने लगी।

"नहीं, मुझे बड़े ज़ोर की भूख लगी है। फ़ज़लू से पूछो। मैंने खाना नहीं खाया है।"

मगर फ़ज़लू जवाब देने की बजाय नमो की तरफ़ देखकर हँस रहा है।

"मगर आप यहाँ क्यों आ गए। मेज़ गंदी कर देंगे। जाइए, मैं आपके कमरे में खाना अभी भिजवाती हूँ," नमो ने मुझे कमरे में धकेलकर बाहर से कुंडी लगा दी है।

"मेरे अब्बा को मत मारो ··· मत मारो ··· " चूँ-चूँ बाहर चिल्ला रही है, रो रही है।

"चुप ··· चुप ··· बड़ी आई अब्बा की बेटी " नमो चूँ-चूँ को भी मार रही है।

"दरवाज़ा खोलो ··· दरवाज़ा खोलो," मैंने ज़ोर-ज़ोर से किवाड़ों पर अपना सिर मारना शुरू कर दिया, तो दरवाज़ा खुल गया।

क्या चूँ-चूँ को मार डाला ··· मैंने अपने माथे पर से बहता हुआ ख़ून पोंछकर देखा, तो वह एक कोने में सहमी हुई खड़ी थी। फिर हम दोनों एक-दूसरे की तरफ़ बाँहें फैला के दौड़ते हैं।

नमो ने मुझे कमरे में बिठाने की एक और तरकीब निकाली।

वह तरह-तरह के लोगों को मेरे पास लाती है कि मैं उनसे बातें करके अपना जी बहलाऊँ। परसों एक पागल साहब तशरीफ़ लाए। नक़ली दाढ़ी लगाके आए थे। वह बार-बार हवा में उड़ती, तो घबराकर यूँ पकड़ते, जैसे भेद खुलने का डर हो ··· मुझे देखते ही यूँ गले लिपट गए, जैसे बरसों पुरानी दोस्ती हो।

"कहो यार, कैसे हो ? तबीयत ठीक रहती है !" उन्होंने पूछा।

"हाँ, तुम अपनी सुनाओ ! यह नक़ली दाढ़ी बेचते हो ?"

वह मेरी बात सुनकर पीछे को हटे, लेकिन मैं उन्हें पकड़ के बिठा लेता हूँ। क्या हर्ज है, अगर कुछ वक़्त किसी पागल के साथ ज़ाया हो जाए। अब वह मुझसे बहुत दूर हटकर एक स्टूल पर बैठ गए।

''कई बार इरादा किया कि तुम्हें देख आऊँ, मगर डर भी लगता था कि जाने तुम मुझे पहचानोगे या नहीं !'' वह अपनी दाढ़ी सहलाकर बोले।

''हाँ, अब तुम बेचारे अपनी दिमाग़ी बीमारी से बदल जो गए हो।'' मैंने जवाब दिया।

''हैं ··· हैं ··· हैं ··· '' वह जाने क्यों मेरी तरफ़ देखकर हँसने लगते हैं। पागल हमेशा दूसरों को पागल समझते हैं। मुमकिन है, यह बुढ़ऊ भी मुझही को पागल समझ रहे हैं।

''यार, मुझे तुम्हारी बीमारी का बहुत दुःख है। क्या करें, अल्लाह की मर्ज़ी,'' वह कहते हैं।

''और मुझे तुम्हारी इस नक़ली दाढ़ी पर बेहद प्यार आ रहा है। एक दिन के लिए हमें उधार नहीं दोगे। हम चूँ-चूँ के साथ डाकू-डाकू वाला खेल खेलेंगे।''

लेकिन वह मेरी बात सुनकर दरवाज़े की तरफ़ जाने लगते हैं और फिर रुककर फ़रमाते हैं, ''यार, कुछ समझदारी की बातें भी किया करो। सुना है, भाभी ने तुम्हारा इलाज-मुआलजा[1] कुछ नहीं करवाया। क्या तुम अपनी सारी पेंशन भी इन्ही लोगों के हवाले कर देते हो, या कुछ अपने लिये भी रखते हो?''

फिर वही पेंशन की बात ! ऐसा लगता है, जैसे मेरा दूसरा 'मैं' भी कहीं गायब हो गया है।

और यह मैं जो भी हूँ, यह एक पेंशन का नाम है। हर शख़्स मुझे यूँ देखता है, जैसे मैं आदमी नहीं रहा, पेंशन बन गया हूँ। जिसे देखो, उसी का ज़िक्र ! उसी की बात ··· जी चाहता है, इस पेंशन को किसी तरह अपने मुँह से नोच फेंकूँ। पता नहीं, फिर मैं इस घर में किसी को नज़र

---

1. चिकित्सा।

भी आऊँगा या नहीं !

मुझे कुछ याद नहीं रहा कि इस पागल से मुझे कब छुटकारा मिला। फ़ज़लू कह रहा था कि जब मैंने ज़बरदस्ती दाढ़ी छीनने की कोशिश की, तो वह डरके मारे भाग गया।

भला ऐसे सिरफिरे पागलों के साथ और क्या सलूक किया जा सकता है।

ऐसा ही एक और हौन्नक[1] मेरे कमरे में आया था। हस्बे-तवक्को[2] वह मेरी और अपनी पुरानी दोस्ती का ढोंग रचाया और पुराने क़िस्से सुनाने लगा, जो बिलकुल झूठे थे। फिर मेरी आँख बचाकर मेरा पार्कर पेन अपनी जेब में डाल लिया और मेरे सब सिगरेट फूँक डाले। फिर जाते वक़्त मेरे सिर पर एहसान का एक छप्पर रख गए कि आजकल नमो का एक दिल बहलाने में वक़्त सर्फ़[3] करते हैं, ताकि मेरी बीमारी से उसका दिल बिलकुल ही न टूट जाए। फिर यह भी इन्किशाफ़[4] फ़र्माया कि हॉस्पिटल से उस अजनबी घर में लाने के ज़िम्मेदार भी यही हज़रत थे। इतना सुनते ही मैं बेक़ाबू हो गया।

''अच्छा ! तो तुम ही हो, जिसने मुझे इस पराये घर की दोज़ख़ में डाल दिया है। आख़िर मुझे सताने में तुम्हें क्या मिल गया है ?''

''अभी नहीं मिला, मगर कल मिल जाएगा,'' वह मक्कारी से मुस्कुराया।

''यह बात है, तो मैं अभी पुलिस को बुलाता हूँ। अभी तुम्हारे कच्चे चिट्ठे खोलता हूँ।''

मैं फ़ौरन फ़ोन का डायल घुमाता हूँ, ''है ··· हैलो ··· ''

''मेरा छोटा फ़ोन दे दीजिए !'' चूँ-चूँ जल्दी से आकर अपना छोटा-सा सुर्ख़ टेलीफ़ोन मुझसे छीन लेती है, ''लाइए, मैं कर दूँ। आप किसको फ़ोन करेंगे ?''

''पुलिस स्टेशन ··· पुलिस को जल्दी बुलाओ चूँ-चूँ, वरना मुज़रिम

---

1. बेवक़ूफ़; 2. आज्ञानुसार; 3. व्यय; 4. रहस्योद्‌घाटन।

फ़रार हो जाएँगे?'' मैं सख़्त परेशानी में कहता हूँ।

''हैलो,'' चूँ-चूँ बड़ी संजीदगी से फ़ोन कान से लगाकर ज़मीन पर बैठ जाती है।

''जल्दी आइए ... अब्बा को सब सता रहे हैं। खाना नहीं देते।''

थोड़ी देर बाद हम दोनों इस खेल से उकता जाते हैं।

''अब फ़ोन का खेल ख़त्म ... चलिए, चलिए, अब चोर पकड़ेंगे,'' और फिर हम दोनों सचमुच चोर को तलाश करना शुरू कर देते हैं।

''हिश्त, आहिस्ता चलिए!'' चूँ-चूँ मुँह पर उँगली रखकर कहती है।

अब हम दोनों घुटनों के बल रेंगते हुए पलंगों के नीचे घिसट रहे हैं। अचानक मेरा सिर मसहरी के पाये से टकराता है और आहट सुनकर कोई नीचे कूद जाता है।

''चोर ... चोर ....'' मैं चोर की टाँग पकड़कर चिल्लाने लगता हूँ, ''जल्दी मेरा पिस्तौल लाओ ... चोर पकड़ लिया है।''

''चोर पकड़ लिया ... चोर पकड़ लिया ...'' चूँ-चूँ भी ज़ोर-ज़ोर से तालियाँ बजाने लगी।

''इन्हें छोड़ दीजिए ... छोड़ दीजिए ... बच्चे आ जाएँगे। शोर मत मचाइए,'' नमो मसहरी पर से उठकर कह रही है। तब मैंने गौर किया कि जिस चोर को हमने पकड़ा है, वही आदमी है, जो अभी मुझसे बातें कर रहा था। हमारी आवाज़ सुनकर सारा घर कमरे में इकट्ठा हो गया। शम्मी, फ़ज़्लू, पप्पू, इम्तियाज़। वे सब बड़ी हैरानी के साथ कभी मुझे देखते हैं, कभी उस आदमी को ... फिर सिर झुका के कमरे से बाहर चले जाते हैं।

अजीब बुज़दिल लोग हैं यह ... मैं दिल में सोचता हूँ ... चोर को सज़ा देने की भी हिम्मत नहीं कर सकते?

नमो सारी रात अपने कमरे में बड़बड़ाती रही।

''नहीं, वह पागल नहीं है। सब ढोंग रचा रखा है। अपने-आपको भूल गया, मगर मेरी निगरानी करना नहीं भूलता!''

एक दिन अजीब हादसा हुआ।

क्या देखता हूँ कि रात ख़त्म हो गई है। सब लोग जाग उठे। मेरे कमरे में भी उजाला तो है, मगर धूप का कहीं पता नहीं है। कहीं रात वह चोर सूरज को तो चुराकर नहीं ले गया। मुझे बड़ी तश्वीश[1] होने लगी। फिर जब चूँ-चूँ अपना टेलीफ़ोन लेकर आई, तो मैंने उसे फ़ौरन यह वहशतनाक ख़बर सुनाई।

"रात चोर सूरज को चुराकर ले गया!"

"कहाँ ले गया?" चूँ-चूँ भी सख़्त फ़िक्रमंद हो गई। इस घर में उस बच्ची से ज़्यादा समझदार और कोई न था।

"क्या पता ··· देखो न, रात से कैसा अँधेरा-अँधेरा-सा है। अब मेरी तो समझो कुल दौलत ही लुट गई। सूरज न रहा, तो दिन कैसे निकलेगा? मैं बिस्तर से कैसे उठूँगा?"

मैं ग़म के मारे रोने लगा। चूँ-चूँ ने मुझे रोते देखकर अपने खिलौने फेंक दिये और हस्बे-आदत[2] अपने सुनहरे बाल मेरे सीने पर फैलाके बोली, "मैं एक बड़ा-सा सूरज आपको ख़रीदकर ला दूँगी। मेरे पास दो पैसे हैं।"

"बेवक़ूफ़ ··· सूरज कहीं बिकता है!" मैं उसकी नादानी पर हँसने लगा।

"फिर आपके पास कैसे आया था?" उसने अपनी बड़ी-बड़ी आँखें फैलाके पूछा।

लो, अब एक नया मसला खड़ा हुआ। आख़िर सूरज मेरे पास कैसे आया था? क्यों आया था? क्या उसे भी मेरी पेंशन की सुन-गुन लग गई थी या फिर उस दूसरे 'मैं' की उसे भी ख़बर हो गई थी?

"वह कौन है?" मैंने चूँ-चूँ को उँगली से ऊपर दिखाया।

"वह ··· वह ··· ?" बड़ी देर तक वह गर्दन ऊपर उठाए गौर से दूसरे 'मैं' को देखती रही, "वह अब्बा हैं!"

---

1. चिंता; 2. स्वभावानुसार।

"किसके अब्बा?" मैं ख़ुश हो गया कि वह कोई और निकला।

'मेरे ... " उसने अपने दोनों हाथ अपने सीने पर रखकर कहा। "वह आप हैं ... "

"मैं ... ?" मैं लरज़ उठा ... लो, अब इतने-इतने-से बच्चों में भी यह बात फैल चुकी है कि मैं दो हिस्सों में बँट चुका हूँ।

"तुम्हें मालूम है चूँ-चूँ कि मुझे वहाँ किसने टाँगा है?" मैंने इधर-उधर देखकर बड़ी राज़दारी[1] से पूछा।

"अम्मी ने," उसने भी उतनी ही एहतियात[2] के साथ कान में कहा, "एक दिन अम्मी ने आपको शीशे में बंद करके रस्सी लगाके वहाँ टाँग दिया था।"

शीशे में बंद करके ... ? रस्सी लगाके ... ? यानी मुझे मार डाला गया है। गोया मुझे फाँसी दी गई है ! फिर मैं क्यों इस पलंग पर लेटूँ? मैं तो मर चुका हूँ। मेरा अब इस दुनिया से क्या वास्ता रहा !

मैं दीवार से लगकर चुपचाप खड़ा हो गया कि फिर नमो कमरे में नाज़िल[3] हुई। जब से मैंने चोर पकड़ा था, वह मुझसे सख़्त नाराज़ थी, मगर इस वक़्त तो वह अपनी आवाज़ में शक्कर घोलकर आई थी। पहले तो उसने मुझे ज़बरदस्ती दीवार से हटाने की कोशिश की। फिर हार मानकर ख़ुद भी मेरे क़रीब आ बैठी।

आज वह मुझसे बेहद अहम मश्वरे [4] कर रही थी और बड़ी बेतकल्लुफ़ी से मेरी पेंशन को 'अपनी पेंशन' और अपने बच्चों को 'मेरे बच्चे' कहे जा रही थी।

उसे तीस हज़ार रुपए की ज़रूरत थी। इसलिए वह मकान बेचना चाहती है और मेरा जितना रुपया है, उसे अपने पास रखना चाहती है, ताकि शम्मी का ब्याह हो सके और इम्तियाज़ का हिस्सा उसे देकर घर से रुख़सत कर दें। मैं सब सुनता रहा। सचमुच के मज़लूम शौहरों की तरह, हालाँकि पेंशन और बैंक की बातें मुझे सख़्त बोर करती हैं, लेकिन

---

1. भेदपूर्ण; 2. सावधानी; 3. प्रकट।

फिर भी मैं बड़ी दूरअंदेशी का मुज़ाहरा[1] करते हुए उसे ख़ूब डाँटता हूँ।

"चुप रहो ... अब मैं तुम्हारी कोई बात नहीं सुनूँगा। तुमने मुझे मार डाला है। मेरे गले में रस्सी डालकर मुझे फाँसी दी गई है।"

यह सुनकर वह मेरे क़दमों से लिपट जाती है, "उस रातवाली बात को भूल जाओ। हामिद, मुझे मुआफ़ कर दो ... अब कभी तुम्हें धोखा नहीं दूँगी !"

"वाह ! ... क्यों मुआफ़ कर दूँ ?" मैंने अब उसे पीटना शुरू कर दिया।

"तुमने मेरा सूरज चुरा लिया है। भला इतना अँधेरा कभी दुनिया में हुआ था ! और मेरा पिस्तौल छुपा लिया है कि मैं किसी चोर को न मार सकूँ। तुम्हें कुछ ख़बर है कि इस घर के कोने-कोने में कितने चोर छिपे बैठे हैं। मैं किस-किस को देखूँ ? यह घर है या फ़िल्म-स्टूडियो, जहाँ हर वक़्त रूमानी शाट्स फ़िल्माए जाते हैं। नहीं ... मैं ऐसे फ़िज़ूल ड्रामों में कोई पार्ट अदा नहीं कर सकता !"

अचानक मेरी निगाह ऊपर गई, जहाँ शीशे के केस में बंद करके मुझे रस्सी से लटका दिया गया है।

"मुझे फाँसी किसने दी ? मेरे टुकड़े तुमने किए हैं। मैं तो अब किसी को मुँह दिखाने के क़ाबिल नहीं रहा !"

नमो ज़ोर-ज़ोर से चिल्लाने लगी, क्योंकि मेरे हाथ में जो-जो चीज़ें आईं, मैंने उठाकर उसे मारना शुरू कर दिया था। फिर जो भी मुझे पकड़ने आया, वह ख़ुद ज़ख़्मी होकर भागा। आज मैं सबको मार डालूँगा। सबको शूट कर दूँगा। एक बड़ा-सा पत्थर उठाए मैं सारे घर में चीख़ता फिर रहा था।

"लोगो ... ज़रा इस आदमी की हालत देखो," नमो चिल्ला-चिल्लाकर मुहल्लेवालों से कह रही थी, "मैं आज ही सारी जायदाद अपने नाम कर लूँगी।"

"ठीक है। अब्बा को मैं अपने साथ ले जाऊँगा," इम्तियाज़ भी कमरे

---

1. प्रदर्शन।

से निकलकर लड़ाई में हिस्सा ले रहा था।

''अच्छा ! ख़बरदार जो इन्हें छुआ,'' नमो हाथ नचा रही थी, ''बड़े आए अब्बा से मुहब्बत करनेवाले। अपने साथ इन्हें ले जाकर सात सौ की पेंशन पर कब्ज़ा करना चाहते हो। इन्हें कोई इस घर से नहीं ले जा सकता ... मेरे छोटे-छोटे बच्चों का यही तो एक सहारा हैं।''

वे सब इतनी ज़ोर-ज़ोर से लड़ रहे थे कि मुझे कुछ सुनाई नहीं देता। मैं पत्थर फेंककर सोचता हूँ कि क्या वाक़ई मुझे इस पराये घर से ले जाएगा ?

इस बात की ख़बर उस दूसरे 'मैं' को नहीं होना चाहिए। मैं उसे यहीं छोड़ना चाहता हूँ—इन ख़ूँखार लोगों से निबटने के लिए।

''चूँ-चूँ ... आओ, हम तुम कहीं भाग चलें।''

मैंने लड़ाई के डर से सहमी हुई चूँ-चूँ को उठाकर कंधे पर बिठा लिया।

''कहाँ ? कहाँ जाएँगे ?'' वह अपनी गुड़िया और उसे नहलाने की नन्ही-सी बालटी फेंककर मेरे कंधे पर बैठ गई !

''दूर ... ख़ूब दूर ... वहाँ सूरज के पास ... ''

मैं बड़े इत्मीनान से फाटक खोलकर बाहर आ गया, क्योंकि उस वक़्त वे सब आपस में लड़ रहे थे। उन्हें अपने हिस्से की दौलत समेटने में इतने होश कहाँ हैं कि हमें पकड़ सकें।

मगर अचानक मैं भूल गया कि वे लोग आख़िर क्यों लड़ रहे हैं ? शायद कोई आदमी मर गया है, जिसे वे बहुत चाहते थे। शायद सूरज मर गया है या फिर मेरी पेंशन मर गई है ...

''अब्बा, अब्बा, ! भाई जान आपकी पेंशन के लिए अम्मी को मार रहे हैं ... '' चूँ-चूँ कहती है।

''पेंशन के लिए ... !'' अब मैं क्या करूँ ? कहीं इम्तियाज़ अब मुझे भी मारना शुरू न कर दे !

''अब्बा ... अब्बा ... अपनी पेंशन को नदी में फेंक दीजिए न ! फिर सब लड़ाइयाँ ख़त्म हो जाएँगी।''

चूँ-चूँ मुझे मश्वरा देती है ··· फिर अचानक तालियाँ बजाना शुरू कर देती है।

"अब्बा ··· अब्बा ··· देखिए, सूरज मिल गया। वह वहाँ नदी में छिप गया है ··· जल्दी चलिए ··· अरे, वाक़ई, सूरज है ··· उसे किसी चोर ने नहीं चुराया ···" हमें देखकर वह जल्दी-जल्दी पानी में छिप रहा था।

"अरे अब्बा ··· अब्बा ··· जल्दी भागिए ··· वह देखिए ··· अम्मी आपको पकड़ने आ रही हैं !"

चूँ-चूँ मेरे कंधे पर बैठी-बैठी चारों तरफ़ की इत्तिला दे रही है।

अरे बाप रे बाप ! ··· मैं और तेज़-तेज़ भागने लगता हूँ, मगर कुछ समझ में नहीं आता कि नमो से छिपकर कहाँ जाऊँ ··· सामने तो दूर-दूर तक पानी-ही-पानी है। चूँ-चूँ, चलो इस पानी में छिप जाएँ ··· फिर देखें, कोई हमें कैसे पकड़ता है ?"

कल्चरल अकेडमी

चारों तरफ़ कल्चर के तहफ़्फ़ुज़[1] का शोर मचा, तो मैंने अपनी जेबें टटोल डालीं। जाने वह कहाँ गया था, जिसमें उषा ने मुझसे कल्चर के नाम पर तवज्जो चाही थी।

उस ख़त को उषा ने अपने मख़सूस[2] स्टाइल में लिखा था। अपनी क़ाबिलियत और ज़हानत[3] के तमाम पहलू उजागर किये थे। दुनिया के बहुत-से फ़लसफ़ियों के हवाले दिये थे और इस तरह हर मुमकिन कोशिश की थी कि वह बात न समझ लूँ, जो वह कहना चाहती थी।

मेरी और उषा की दोस्ती बाल से ज़्यादा बारीक़ और तलवार की नोंक से ज़्यादा हस्सास[4] रिश्तों पर क़ायम थी। इसकी वजह यह थी कि उषा ने फ़लसफ़ा से डाक्टरेट किया था, इसलिए वह बीच-बीच में फ़लसफ़ा ले आती थीं और मैं यूनिवर्सिटी में लड़कों को पालिटिक्स पढ़ाता था, इसलिए उषा से भी ख़ूब सोच-सोचकर बात करनी पड़ती थी।

वैसे उषा बड़ी ख़ुदसर[5] और ख़ुदमुख़्तार[6] औरत थी। उसे फ़र्सूदा[7] रस्मों और ग़ैर-ज़रूरी अख़्लाक़ी[8] पाबंदियों से बड़ी नफ़रत थी। इस इज़हार के लिए वह तालीमयाफ़्ता मर्दों से बड़ी जल्दी बेतकल्लुफ़ हो जाती थी। उसे ज़हीन, साइंटिस्ट, शाइर, अदीब और दानिशवरों[9] का साथ पसंद था। उन्हें वह अपने घर बुलाकर शराब और सिगरेट की महफ़िलें जमाती थी।

---

1. संरक्षण; 2. विशिष्ट; 3. बुद्धिमानी; 4. संवेदनशील; 5. उदंड; 6. स्वेच्छाचारी; 7. घिसी-पिटी; 8. नैतिक; 9. विद्वान।

कभी-कभी छोटे-मोटे मुशायरे और अदबी महफ़िलें भी हो जातीं। कभी-कभी उषा एक ख़ालिस मुफ़क्किर[1] बनकर दुनिया के बड़े-बड़े परेशानकुन मसाइल पर सबको मुतफ़क्किर कर देती थी।

उसने अपनी शख़्सियत में से निस्वानियत[2] के इम्तियाज़[3] को खुरच फेंका था। वह जान-जानकर ऐसे अंदाज़ इख़्तियार करती, जिनसे यह न मालूम हो कि वह औरत है। इसके बावजूद जब भी मैं उषा से बेतकल्लुफ़ होने की कोशिश करता, तो जाने कैसा कलफ़ लगा तकल्लुफ़ उभरने लगता था। घबराके मैं मज़ीद इंटेलेक्चुअल बनने लग जाता, क्योंकि जब दिमाग़ बिलकुल ख़ाली हो जाए, तो इनसान की यही एक पनाह है।

अब हम यूँ बातें करते, जैसे हमारी बातों के पीछे ग़ालिब के शे'रों जैसे हज़ारों मानी पिन्हाँ हैं। उषा अपनी ज़ेहनी सतह को बहुत बुलंद ख़याल करती थी। इसलिए मामूली काम और मामूली बातें उसे अच्छी न लगती थीं। इसी डर से वह ख़ुद शे'र न कहती थी, कि कहीं कोई मामूली शे'र न कह दे। कहानियाँ और ड्रामे नहीं लिखती थी कि उन्हें पढ़नेवाले लोग कहाँ हैं। वह सार्त्र और कामू के सिवा किसी को अदीब न मानती थी। हमेशा नित नए रंगों के बेहद नफ़ीस और क़ीमती कपड़े पहनती। अपने सजे-सजाए कॉटेज में अकेली रहती थी। उषा ने शादी नहीं की थी। इसकी वजह तो हममें से किसी को नहीं मालूम थी, लेकिन आम ख़याल यही था कि उषा शादी के बाद शौहर की इजारादारी[4] के ख़िलाफ़ है।

रफ़्ता-रफ़्ता उषा के यहाँ हम सब आर्ट, साइंस और अदब के शैदाइयों[5] का जमघटा रहने लगा। शाम होते ही हम सब उधर का रुख करते। उषा के दोस्तों में औरतें कम थीं। वह कहती थी कि अभी हमारे यहाँ औरत के दिमाग़ की सतह बहुत नीची है। हर औरत घर, महबूब और बच्चों के सिवा और कुछ नहीं सोचती। इसीलिए उषा घर, महबूब और बच्चों के सिवा हर विषय पर सोचती, बहस करती और पढ़ती थी। उसके घर में क़ीमती और नायाब किताबें भरी हुई थीं। वह हर-हर विषय पर पढ़

---

1. चिन्तक; 2. स्त्रीत्व; 3. विशेषता; 4. एकाधिकार; 5. शौक़ीनों।

चुकी थी और हर मसले पर अपनी एक इन्फ़िरादी [1] राय रखती थी। हम सब उसकी क़ाबिलियत से सख़्त मरऊब [2] थे। अकसर वह शराब के नशे में और सिगरेट के धुएँ में घिरी दुनिया के तमाम हादसों पर हमारे साथ उदास होती थी। उसने अपने दोस्तों से यह कभी नहीं पूछा कि हमारा घर कहाँ है? शादी हुई है या नहीं? कितने बच्चे हैं? क्योंकि यह बातें उषा के लिए ग़ैर-अहम थीं। इस मुआमले में वह बड़ी वसी-उन्नज़र [3] थी, बल्कि वह तो हर मुआमले में सख़ी[4] नज़र आती। अपने घर आनेवालों की तवाज़ो महँगी शराब, क़ीमती सिगरेट और उम्दा खानों से करती थी।

मैं अब दिन-भर थका देनेवाली मसरूफ़ियत के बाद उषा के कॉटेज पहुँचता था तो यूँ लगता, जैसे रेगिस्तान से निकलकर कश्मीर में आ गया हूँ। इधर तो उषा इतनी दरियादिली दिखाती थी, उधर मेरा यह हाल था कि आदी मुजरिमों की तरह बज़ाहिर बेफ़िक्र नज़र आता था, मगर एक-एक लम्हा का हिसाब मुझे गीता को देना पड़ता था।

"आज इतनी देर क्यों हो गई?"

"कहाँ चले गए थे? वहाँ क्या-क्या हुआ?"

गीता मेरी जीवन-साथी थी। इसलिए वह मेरी ज़िंदगी के एक-एक घंटे में शरीक रहना चाहती थी। ऊँह ··· मैं उषा के यहाँ जाने की तैयारी करते वक़्त गीता के ख़याल को भी झटक देता था, क्योंकि आम तौर पर दानिशवर अपनी बाहर की मसरूफ़ियतों में बीवी के वजूद को नज़रअंदाज़ करके अपनी तरक़्क़ीपसंदी का सबूत देते हैं।

इसीलिए उषा के यहाँ मुझे कभी गीता याद नहीं आती, मगर आधी रात को जब मैं नशे में चूर घर वापस आता हूँ, तो नींद में मदहोश गीता का सेहतमंद बदन देखकर मुझे अचानक गीता पर प्यार आ जाता है। कभी-कभी उषा को देखकर जाने क्यों मैं दूसरी तरफ़ देखना भूल जाता हूँ, हालाँकि उषा तीस-पैंतीस बरस की मामूली सूरत-शक्लवाली औरत है, लेकिन वह जैसे तय किये बैठी थी कि वह दुनिया की ग़ैर-मामूली औरत

---

1. व्यक्तिगत; 2. प्रभावित; 3. उदार-दृष्टि वाली; 4. मुक्तहस्त।

है या फिर हमारी नज़रें उसे कम ख़ूबसूरत मानने को तैयार नहीं थीं। कभी-कभी ख़याल आता है कि उषा इतनी बड़ी मुफ़क्किर[1] है, तो फिर वह औरत नज़र आने पर इतनी तवज्जो क्यों देती है ? वह जान-जानकर बहुत खुले गरेबान वाली जर्सी और बहुत तंग पैंट पहनती थी। उसकी साड़ी का पल्लू कभी सीने पर नहीं टिकता। स्लीवलेस ब्लाउज़ और गहरे रंगों की साड़ियाँ उसे बहुत पसंद हैं। हर आठवें दिन वह बालों को सेट करवाना नहीं भूलती। निहायत नफ़ासत से मेक-अप करती है और ऐसे रंगों की साड़ियाँ पहनकर ऐसी ख़ुशबू लगाती है कि हर दिन नई-नई-सी लगती है।

इसके बावजूद उषा का इसरार[2] था कि मुझसे औरत समझकर मत मिलो।

पता नहीं, रियाज़, सादिक, बलबीर और राम वगैरा का क्या हाल था, लेकिन जब मैं उषा से बातचीत करता, तो मुझे और कुछ सुनाई नहीं देता था। इस पर उषा ग़ुस्से में भौंहें सिकोड़कर कहती, ''अब तुम घर जाओ गोपाल ! बीवी का ख़ौफ़ तुम्हारे ज़ेहन पर सवार हो चुका है।''

''ऐसी बात नहीं है उषा !'' मैं सिटपिटा जाता, ''असल में मैं इस बात पर गौर कर रहा हूँ कि यू.एस.ओ में यासर अराफ़ात का लबो-लहजा ...''

''चलो भई, अब उठो। नींद आ रही है,'' बलबीर उषा की बिंदिया में अपना अक्स देखते हुए कहता।

''हाँ, भई, अब उठ जाना चाहिए ... बारह बज गए हैं।''

''मगर यासर अराफ़ात के लबो-लहजा पर ...''

और फिर हम सब एकसाथ उठ खड़े होते।

''गुड नाइट उषा ... !''

''गुड नाइट सादिक, गुड नाइट बलबीर, गुड नाइट राम, गुड नाइट गोपाल ... उफ़्फ़ोह ... ! तुम लोग मेरे कमरे में कितनी स्मोकिंग करते हो !

---

1. विचारक; 2. आग्रह।

धुएँ के मारे सारी रात मेरी आँखें जलती हैं,'' वह कुछ इस अंदाज़ से आँखें मलती है, जैसे गीता मेरे सफ़र पर जाते वक़्त करती है। हम ऊँचे-ऊँचे कहकहे लगाते चौराहे तक आते हैं, जहाँ हम कारें पार्क करते हैं। वहाँ से उषा का मकान साफ़ नज़र आता है।

''अभी बत्ती जल रही है,'' हम अपनी-अपनी कारों में बैठने से पहले एक बार फिर उषा के रौशन कमरे की तरफ़ देखते हैं।

''यार, क्या उषा सारी रात लाइट बंद नहीं करती ?'' बलबीर बज़ाहिर बड़ी लापरवाही से यह सवाल करता, मगर हम सब शैतान ख़ालिस मर्दाना अंदाज़ में कहकहे लगाते थे।

रफ़्ता-रफ़्ता हम सबने मिलकर एक कल्चरल अकेडमी की बुनियाद रखी। उसकी सेक्रेटरी उषा थी और उसका ऑफ़िस उसका कॉटेज था। अब उसके फाटक पर 'डाक्टर उषा सिन्हा' के अलावा 'कल्चरल अकेडमी' की एक और तख़्ती लग गई थी।

हर महीने अकेडमी का एक जलसा होता था, जिसमें किसी अहम मसले पर शहर के दूसरे अदीबों और दानिशवरों को भी इज़हारे, ख़याल की दावत दी जाती थी। कभी कोई आर्टिस्ट, संगीतकार आता। पता नहीं कौन-कौन आता था और क्या होता था ! हमें तो सिर्फ़ उषा के यहाँ बैठकर उसकी आवाज़ सुनने से मतलब था, लेकिन हम सब दोस्तों ने आपस में कभी कोई ऐसी बात नहीं की थी, जिससे उषा से किसी ख़ास लगावट का या दिलचस्पी का इज़हार होता, क्योंकि हम सब निहायत आला दिमाग़ों वाले अज़ीम[1] लोग थे, जो अपनी तकरीरों में, शे'रों में और ख़यालों में एक मुआशरे[2] की तख़्लीक करना चाहते थे, जहाँ औरत सिर्फ़ दोस्त भी हो सकती है।

हम सब दोस्तों का एक ही मक़सद था।

अपने-अपने गाँव में हम अभी नौवीं-दसवीं क्लासों में थे कि हमारे माँ-बाप ने पैसे और खरी ज़ात की हवस में अपने से बहुत ऊँचे ज़मींदार

---

1. महान; 2. समाज।

घरानों में हमारी शादियाँ कर दी थीं। यह वह ज़माना था, जब हमने औरत के बारे में फ्रायड से कुछ सुना था और न उर्दू शाइरी पढ़ी थी और उस वक़्त तक हमारी बीवियाँ तीन-तीन बच्चों की माएँ बन चुकी थीं। फिर जब हम ससुराल के पैसे से यूरोप की भारी डिग्रियाँ लेकर लौटे, तो हमारे बच्चे हाई स्कूल का इम्तिहान दे रहे थे। इसलिए हमारे दिल का एक कोना बेहद सूना था ··· ग़ैर-आबाद ··· क्वाँरा ··· यह हम सब दानिशवरों का अलमिया [1] था।

इसलिए हम उषा की दोस्ती किसी क़ीमत पर छोड़ना नहीं चाहते थे। मुझे तो बाज़-वक्त यूँ लगता, जैसे उषा भी ज़िंदगी की एक ज़रूरत है। अगर वह किसी दूसरी यूनिवर्सिटी में चली गई, तो क्या होगा? हमारी कल्चरल अकेडमी ··· हमारे पेपर्स ··· हमारी बहसें ··· उषा के कमरे में फैला हुआ सिगरेटों का धुआँ और सारी रात सुलगता हुआ उसके कमरे का तनहा बल्ब।

फिर कल्चरल अकेडमी मेरी जान का रोग बन गई। यूँ जैसे एक दिन भी अकेडमी के ऑफ़िस न गया, तो क़यामत आ जाएगी। इस महीने अकेडमी का जलसा न हुआ, तो हिंदुस्तानी तहज़ीब का बेड़ा गर्क़ हो जाएगा।

उषा कहती—इस बार मीटिंग की सदारत[2] के लिए हरीन्द्रनाथ चट्टोपाध्याय को बुलाना चाहिए और बलबीर प्लेन से बंबई के दो चक्कर लगाता। मैं इधर-उधर सिफ़ारिशी ख़त लेकर दौड़ता और हम इस नामुमकिन सवाल का जवाब लिए उषा के हुज़ूर में पहुँच जाते।

''देखा, इस बार कितनी कामयाब मीटिंग हुई है,'' उषा यूँ फ़ख्र से कहती, जैसे सारा किया-धरा उसी का है। हम सब ख़ुशी से खिल उठते, क्योंकि हमारी कल्चरल अकेडमी वाक़ई अदीबों और शाइरों की तवज्जो का मर्कज़[3] बनती जा रही थी।

''उषा, अबकी सेमिनार के इनागुरेशन के लिए कामरेड डाँगे को बुलवाएँगे !''

---

1. दुःखांत; 2. अध्यक्षता; 3. केन्द्र।

"हिश्त !" उषा ने अपने लिपस्टिक लगे होंठों को सिकोड़कर कहा, "कल्चरल अकेडमी पर किसी सियासी पार्टी का लेबल नहीं लगना चाहिए।"

और दूसरे दिन हम सब अपने-अपने दोस्तों के हलक़ों में यह बात दुहराते थे कि कल्चरल अकेडमी पर किसी सियासी पार्टी का लेबल नहीं लगना चाहिए।

लेकिन मैं महसूस कर रहा था कि कल्चरल अकेडमी पर बलबीर सिंह का लेबल नुमायाँ होता जा रहा है, क्योंकि हर महीने की मीटिंग का सारा काम बलबीर ही निपटाता था। हर काम की ज़िम्मेदारी उसी पर आयद की जाती थी। इसीलिए रात को हम सब उषा से रुख़सत होते थे, तो वह सबको आँखें मल-मलकर रुख़सत करती थी, सिवाय डाक्टर बलबीर सिंह के, क्योंकि बहुत-से दावतनामों पर नाम लिखना बाक़ी रह जाता। बजट नामुकम्मल पड़ा है। मेहमाने-ख़सूसी[1] का मसला तय नहीं हो पाया था। मुझे बलबीर की तरफ़ से इसलिए भी फ़िक्र रहती थी कि उसकी मंगेतर अमृतसर के किसी गाँव में उसके ख़्वाब देख रही थी और बलबीर अकेला ख़ूब गाता-गुनगुनाता फिरता था। बीवियों से आज़ाद मर्दों पर जो एक ज़िंदादिली और ख़ुशमिज़ाजी छाई रहती है, बलबीर उससे सरशार[2] नज़र आता था, जबकि ख़ुद मेरा चूहे का दिल था ··· मसलहतें[3], झूठ और तसन्नो[4] मुझे चारों तरफ़ से घेरे रहते थे।

एक रात जब बलबीर ने सबके उठते वक़्त कहा कि अभी आज की डाक देखना है, तो मैंने फ़ौरन कार की चाबी मेज़ पर डालकर कहा, "तुम सब जाओ ··· आज की डाक मैं देख लूँगा।"

मैंने महसूस किया कि बलबीर को मेरी बात अच्छी नहीं लगी। उसने उषा की तरफ़ देखकर निहायत मरियल आवाज़ में पूछा, "तो फिर मैं जाऊँ, उषा ?"

"गुड नाइट !" उषा ने उठकर बलबीर का हाथ पकड़ लिया, तो जैसे छोड़ना भूल ही गई।

---

1. विशिष्ट अतिथि; 2. विभोर; 3. आत्म-स्वार्थ; 4. दिखावा।

राम, रियाज़, सादिक सब चले गए, लेकिन बलबीर और उषा के कहकहे बड़ी देर तक फाटक पर सुनाई देते रहे। फिर उषा अंदर आई—बड़ी ख़ुश-ख़ुश !

''बलबीर हमेशा बड़ा मग्न रहता है,'' उसने सोफ़े पर धम्म से बैठकर सिगरेट सुलगाया।

''हाँ ··· आज की डाक में कोई अहम बात मालूम नहीं होती,'' मैंने बड़ी मायूसी के साथ डाक एक तरफ़ सरकाकर उषा की बात का जवाब दिया।

''अभी तो ख़ुश रहता है, मगर इसके पिता शादी के लिए बुला रहे हैं ··· आख़िर कब तक अकेला रहेगा बेचारा !''

''और तुम कैसे अकेले रह लेती हो ?'' मैंने जाने कैसे आज यह बात कह डाली।

''मैं ··· ?'' वह उठकर बैठ गई और मेरी तरफ़ झुककर बोली, ''तुम जो हो ··· तुम सब ··· देहली में मम्मी और पापा हैं। शिकागो में भैया हैं। शिमला में फ़ीरोज़ !''

''फ़ीरोज़ कौन है ?'' मैंने उसकी तरफ़ ग़ौर से देखा, लेकिन उषा ने, जिस अंदाज़ से सिगरेट की राख एश-ट्रे में झटकी, तो मैं समझ गया कि फ़ीरोज़ कौन है !

''उसकी बीवी शिमला के किसी रिसर्च सेंटर में काम करती है,'' उषा ने सिगरेट बुझाके हाथ मलते हुए कहा।

''अच्छा !'' मैं यूँ मुत्मइन[1] हो गया, जैसे फ़ीरोज़ से मेरा मुकम्मल तआरुफ़[2] हो गया हो।

''मगर है बड़ी तंग-नज़र औरत ! बेचारे फ़ीरोज़ की ज़िंदगी अजीरन[3] कर दी है।''

और मेरी ज़िंदगी अजीरन होने लगी, हालाँकि मैं अपनी बीवी गीता के हुस्न और सलीक़े की उठते-बैठते दाद देता था। इसके बावजूद उसके

---

1. आश्वस्त; 2. परिचय; 3. बरबाद।

दिल में मेरी तरफ़ से शक की चिंगारियाँ सुलग रही थीं। पता नहीं किस चुगलख़ोर ने उसके कान भर दिये थे कि उषा से मेरी आशिक़ी चल रही है। अब वह मेरी नक़ल व हरकत पर कड़ी निगरानी रख रही थी। यहाँ तक कि एक दिन उसने साफ़-साफ़ कह भी दिया कि वह उषा के यहाँ मेरा जाना पसंद नहीं करती।

''मत करो,'' मैंने ग़ुस्से में कहा, ''मैं भी हर बात में तुम्हारी दख़लअंदाज़ी पसंद नहीं करता।''

बाहर जाते वक़्त मैंने तय कर लिया था कि अब दो-तीन दिन तक घर नहीं आऊँगा, ताकि गीता को मेरी नाराज़गी का अंदाज़ा हो सके।

शाम को मुँह लटकाए उषा के यहाँ गया, तो वहाँ पहले से मनहूस सूरत बलबीर मौजूद था। उषा भी बड़ी फ़िक्रमंद-सी नज़र आ रही थी। परेशानी के मारे उसने शाम होने के बावजूद नाईटी उतारके साड़ी नहीं पहनी थी और यूँ ही बैठी कहीं-कहीं से खुल जानेवाले बदन को ढाँप-ढाँप कर बलबीर के सिगरेट से सिगरेट सुलगाती रही।

मसला यह था कि बलबीर के माँ-बाप ने उसे बुलाकर ज़बरदस्ती उसकी शादी कर दी थी, लेकिन अब इतनी जाहिल लड़की के साथ बलबीर की बसर कैसे हो? जो बलबीर की किताबें जलाने की धमकी देती थी। उषा ने उसके सामने बहुत-से हल रखे। गाँव में पटक आओ। उसे छोड़ने की धमकी दो। पढ़ाने की कोशिश करो।

ऐसी फ़िज़ा में मैं अपना मसला कैसे छेड़ता। बस चुपचाप काग़ज़ सामने फैलाए कल्चरल अकेडमी के मुस्तक़बिल[1] पर गौर करता रहा।

शाम को घर गया, तो गीता अपने मायके जाने को तैयार हो चुकी थी। बड़ी ख़ुशामदों के बाद उसे रोका। मेरे दिल की सारी गिरहें खुल चुकी थीं। फिर भी जाने क्यों मैं गीता के साथ बँधा हुआ था। शायद बच्चों का ख़ौफ़ था। ओम अब मेरे साथ यूनिवर्सिटी जाने लगा था। वापसी में वह बशीर बाग के चौराहे पर मुझसे कहता, ''पापा, मुझे यहाँ उतार दीजिए

---

1. भविष्य।

··· मैं घर जाऊँगा ··· अब आप तो सिंकदराबाद जाएँगे न ?''

''हाँ ··· नहीं तो ··· '' मैं सिटपिटा जाता ··· (सिंकदराबाद में उषा रहती थी।) नहीं, आज कल्चरल अकेडमी के ऑफ़िस में कोई काम नहीं है। मैं जल्दी घर आ जाऊँगा। सख़्त शर्मिन्दगी के साथ कार स्टार्ट करता था।

फिर अचानक बलबीर कल्चरल अकेडमी से ग़ायब हो गया। उषा उसे बार-बार याद करती। हर शाम उसका इंतज़ार होता, मगर वह फिर न आया। कई बार हमने देखा कि वह अपनी बहुत ही ख़ूबसूरत, तेज़-तर्रार बीवी के साथ डालडा का डिब्बा थामे कार में सवार हो रहा है। हमें देखकर दूर ही से 'हैलो' पर इक्तिफ़ा[1] कर लेता था।

उषा ने बलबीर का यह अंज़ाम सुना, तो बहुत ग़ुस्सा में आई, ''कोई तुक है कि इतना जीनियस इनसान एक जाहिल लड़की के इशारों पर नाच रहा है। तुम सब मर्द बाहर से बड़े आज़ाद बनते हो, मगर हो वही क़दामत-पंसद[2] ··· '' वह हम सब पर सिगरेट का धुआँ उगलकर बोली। चुनांचे मैंने उषा को अंदर से भी तरक़्क़ी-पंसद होने का सबूत देना चाहा।

एक शाम जब मैं उषा के साथ अकेला बैठा पी रहा था, तो उदासी जाने कहाँ से मुझ पर टूट पड़ी और मैंने रोते-रोते ख़ुश होकर उषा के पैर छूते हुए कहा, ''मुझे बचाओ उषा ··· मैं तुम्हारे पाँव पड़ता हूँ ··· मैं मर जाऊँगा ··· गीता मुझे धीरे-धीरे ज़हर देकर मार रही है !''

उषा चौंक पड़ी ··· शायद उसे पहली बार मालूम हुआ कि मेरी घरेलू ज़िंदगी में कितनी तल्ख़ी घुली हुई है। इसलिए वह मेरे झुके हुए सिर पर अपना हाथ रख कर बोली, ''सीधे बैठो, गोपाल ··· '' उसने पाँव समेटकर मुझे सोफ़े पर बिठाया और फिर अपने गिलास में से एक घूँट लेकर बोली, ''तुम सब मिडल-क्लास के मर्द रोना जानते हो। ख़ुदकुशी कर सकते हो, लेकिन इतनी बग़ावत नहीं कर सकते कि जो औरत पंसद नहीं है, उसके साथ रहने से इनकार कर दो !''

मैंने भी गौर किया कि यह तो बहुत आसान काम है, जो मैं नहीं

---

1. संतोष; 2. प्राचीनता-प्रिय।

कर सकता। पता नहीं क्यों हम अपनी बद-मिज़ाज, बद-ज़ुबान और जाहिल बीवियों से बँधे रहना चाहते हैं।

उस रात तकरीबन दो बजे मुझे सोते से उषा ने उठाया। मैं जाने कब रोते-रोते सोफ़े पर ही सो गया था। वह अभी तक पिये जा रही थी और सिगरेट उसके हाथ में जल रहा था। फिर उसने मेरा कोट और कार की चाबी थमाते हुए कहा, "अब तुम घर जाओ गोपाल। गीता को नमक-मिर्च लाकर दो, वरना तुम्हारी हंडिया फीकी रह जाएगी।"

पंद्रह दिन के बाद मैं कल्चरल अकेडमी के ऑफ़िस पहुँचा, तो उषा बहुत ग़ुस्से में थी, "तुम सब-के-सब हद से ज़्यादा लापरवाह हो। तुम लोग अपने कल्चर के तहफ़्फ़ुज़[1] के लिए कुछ भी नहीं कर सकते। कुछ सुन रहे हो। इंडिया में फ़ासिस्ट ताक़तें आर्ट, सांइस, कल्चर—हर चीज़ को तबाह किये डाल रही हैं। हमें भी तो मौज़ूअ पर एक सेमीनार करना चाहिए।"

उस आनेवाली तबाही के आसार उषा के चेहरे पर साफ़ दिखाई दे रहे थे। उसकी साड़ी पर फीका रंग, मेक-अप के बग़ैर सूना चेहरा और उसके बदन की जागती जौलानी[2] ... हर चीज़ जैसी सूनी पड़ी थी।

"अब यहाँ कोई नहीं आ रहा। जाने सब किन कामों में मसरूफ़ हैं। मैं अकेली तुम लोगों के बग़ैर क्या करूँ ! आइंदा मीटिंग फ़ासिज़्म के ख़िलाफ़ है। यह बड़ी अहम बात है। आख़िर हमारे कल्चर ... " मैंने देखा, उषा बेहद उदास थी।

"कल्चर का तहफ़्फ़ुज़ मैं करूँगा, उषा !" मैंने पहली बार उसके कंधे पर सिर रखकर उसे थाम लिया।

"तुम्हें मालूम है, मेरे साथ क्या हुआ ... ? गीता ने ख़ुदकुशी कर ली थी।"

"क्या ?" वह उछल पड़ी और मुझे दूर धकेल दिया।

"उस रात मैं तुम्हारे यहाँ से गया, तो गीता मेरे तकिये को सीने से

---

1. संरक्षण; 2. स्फूर्ति।

लगाए बिस्तर पर सो रही थी। उसके पास मेरी बियर का ख़ाली गिलास रखा था और मेरी नींद की गोलियाँ की ख़ाली डिबिया पड़ी थी।''

''अरे फिर ··· ?'' उषा बेहद परेशान हो गई।

''बस चंद मिनट की देर हो जाती, तो गीता ख़त्म थी। इत्तिफ़ाक की बात हुई कि हॉस्पिटल के एमरजेंसी वार्ड में हर चीज़ तैयार मिली,'' इससे आगे मुझसे बात नहीं कही जा रही थी।

''लेकिन आख़िर क्यों ··· ?'' उषा ने सिगरेट सुलगाया।

''कहती है, आप मेरी तरफ़ से लापरवाह हो गए हैं। मैं यह बात बर्दाश्त नहीं कर सकती,'' मैंने बहुत ही रुक-रुककर कहा।

''हुँह ··· !'' उषा ने धुआँ उगलकर नफ़रत से मुँह बनाया।

''यह औरतें शौहर का एक ही मसरफ़ समझती हैं कि दिन-रात उनके सामने बैठा रहे। उनकी बला से सारी दुनिया में आग लग जाए।''

''न सिर्फ़ सामने बैठे रहो, बल्कि उनसे अपने इश्क़ का इज़हार भी करो, वरना उनका जीना बेकार है,'' मैंने पहली बार मुस्कुराने की कोशिश की।

उषा ने सिगरेट मसलकर ऐश-ट्रे में डाला और छत की तरफ़ देखते हुए बहुत ही आहिस्ता से पूछा, ''क्या तुम भी गीता को चाहते हो गोपाल ?''

सिगरेट मेरी उँगलियों में दबा काँप रहा था। मैंने बहुत कोशिश की कि उषा की बात का जवाब इनकार में दूँ ··· मगर गीता की मौत का ख़ौफ़ मेरे आसाब[1] पर सवार हो चुका था। अगर गीता मर जाती तो ? यह भयानक सवाल हर वक़्त मेरे सामने खड़ा था। उषा ने सिर झुका लिया, जैसे अपनी बात का जवाब सुन लिया हो ··· फिर आहिस्ता-आहिस्ता जैसे अपने-आपसे कहने लगी, ''गीता कितनी सेंसेटिव है। तुम्हारी इतनी-सी लापरवाही को बर्दाश्त नहीं कर सकी। तुमने उसे कोई दुःख जो नहीं दिया गोपाल ··· वह बेचारी क्या जाने कि मरने का वक़्त कब आता है ?''

मैं समझ गया कि उषा अब फ़लसफ़ा बघारना शुरू कर चुकी है।

---

1. दिलो-दिमाग़।

दूसरे दिन उषा का फ़ोन आया, ''जल्दी आओ, सुभद्रा जोशी ने मीटिंग में आने का वादा कर लिया है। उनका ख़त आया है,'' मगर मैं नहीं जा सका।

तीसरे दिन फिर उषा का फ़ोन आया, ''अगली मीटिंग की तारीख़ क्या होगी ?''

मैंने वादा किया कि शाम को ज़रूर आऊँगा, मगर शाम को तो ओम की बर्थ-डे थी। चौथ दिन डाक से उषा का वह ख़त आया। उसमें कल्चर के नाम पर मेरी तवज्जो चाही थी। चुनांचे मैं फ़ौरन ख़ूबसूरत जुमलों की तलाश में लग गया, ताकि फ़लसफ़ा और शाइरी में डूबे हुए उस ख़त का उसी ख़ूबसूरत अंदाज़ में जवाब लिख सकूँ।

पाँचवें दिन उषा का मुझे फिर फ़ोन आया, ''आज मुझे बेहद जुकाम हो रहा है, गोपाल ··· यूनिवर्सिटी भी नहीं गई ··· सारे बदन में शदीद दर्द है। सुबह से मैंने खाना तक नहीं खाया है।''

हम शापिंग को जा रहे थे। गीता मेरे पास खड़ी थी। उस वक़्त मैं उषा से क्या कहता ? ··· सिवाय इसके कि डाक्टर के पास क्यों नहीं जातीं ?

छठे दिन जाने कौन मुझसे फ़ोन पर कह रहा था कि उषा मर गई ··· उसने ख़ुदकुशी कर ली ··· मैं घबराया हुआ उसके कॉटेज पहुँचा।

उषा अपने बिस्तर पर अपने ही तकिये को बाँहों में दबाए मर चुकी थी। उसके सिरहाने बियर का ख़ाली गिलास रखा था। पास ही नींद की गोलियों की ख़ाली शीशी पड़ी थी और उसके कमरे का बल्ब जल रहा था। मुझे बड़ी शर्मिन्दगी हुई कि अपने कल्चर के तहफ़्फ़ुज़ के लिए कुछ न कर सका।

बे-मसरफ़[1] हाथ

अल्लाह जाने रफ्फो फूफू की कहानी कब लिख सकूँगी। बाज़-वक़्त जब मैं किसी जज़्बाती लड़की की सनसनीखेज़ कहानी सुनती हूँ, जब कोई अफ़साना-निगार किसी मामूली-से वाक़िये को बड़े ख़ूबसूरत अंदाज़ में लिखता है, तो मुझे अपनी बेबसी पर बड़ा अफ़सोस आता है। फिर ख़ुद ही अपनी हिमाकत पर हँसी भी आती है। मुझ जैसे पागलों से कौन कहानियाँ सुनेगा। फिर कहानी तो हमेशा दुनिया की ख़ूबसूरत लड़की के बारे में लिखी जाती है। बदसूरत लड़कियों की तो कोई कहानी नहीं होती ··· कम-अज़-कम ऐसी लड़की की कहानी तो मैंने आज तक नहीं सुनी, जिसके चेहरे की खाल और गोश्त गायब हो। आँखों की जगह सुर्ख़ गड्ढे हों और बत्तीसी से लेकर नाक तक की हड्डियाँ दिखाई दें ··· ओफ़्फ़ोह ··· मैं ख़ुद भी अब रफ्फो फूफू को याद करके लरज़ जाती हूँ। यही ख़ौफ़नाक़ सूरतें तो बच्चों को डराके पागल बना देती हैं। सुना है, यह चुड़ैलें अपने सिहर[2] से इनसान को पत्थर बना देती हैं। फिर वह आदमी ज़िंदगी-भर मकड़ी के जाल में फँसी हुई मक्खी की तरह तड़पता रहता है, मगर निकलने का रास्ता नहीं मिलता।

अगर मैं भी यह कहानी लिखूँ, तो अपने-आपको ऐसी मक्खी लिखते हुए कितनी शर्म आएगी। जासूसी नॉवेलों की हीरोइन बनकर मुझे कहना

---

1. बे-मतलब; 2. मायाजाल।

पड़ेगा कि मैं एक सिहर-ज़दा[1] मकान में रहती हूँ, जिसके बारे में बहुत-सी कहानियाँ मशहूर थीं। फिर वहाँ मुझे एक चुड़ैल ने देखा और सौ जान से आशिक़ हो गई। सुना है, यह चुड़ैल अपने चाहनेवाले का कलेजा चबा डालती है। वह अपनी सुध-बुध खो बैठता है।

मेंटल हॉस्पिटल के उस बिस्तर पर लेटे-लेटे मैं सोच रही हूँ कि उन्होंने मुझे पागल क्यों मशहूर कर दिया। मुझे कौन-सी आग जला गई ··· मैं क्यों राख बन गई? आख़िर मैं अपने बच्चे को क्यों मरना चाहती हूँ। मुझे अपना मुन्ना बे-मसरफ़ क्यों नज़र आता है?

ठहरिए ! मैं ज़रा अपने आँसू पोंछ लूँ !

रफ्फो फूफू की कहानी लिखने बैठी तो मुझे अपनी सुध-बुध कहाँ रहेगी ! अगर इन सतरों[2] पर कहीं नज़र पड़ गई, तो ··· वह नहीं चाहते कि अब मैं रफ्फो फूफू का नाम ही लिखे जाऊँगी।

न जाने कहानियाँ कैसे शुरू की जाती हैं। अब इस झगड़े में कौन पड़े ! कोई-न-कोई बात होती होगी। मुझे तो वहाँ से याद है, जब शादी के बाद मैं उनके साथ पहली बार उनके घर आई थी। उन्होंने मेरे लिए हैसियत से बढ़कर ख़ूबसूरत-सा मकान लिया था। अच्छे-से-अच्छा फर्नीचर ख़रीदा और एक छोड़ दो-दो नौकर भी रखे थे। हम दोनों जैसी मुहब्बत मैंने आज के मियाँ-बीवी में नहीं देखी। हमारे दरम्यान तो कोई मोल-तोल न हुआ। उन्होंने तो मुझे पलकों पर बिठा लिया था। लोग महज़ अल्फ़ाज़ से शाइरी करते होंगे, लेकिन वह तो सचमुच मेरे दिल की धड़कन थे, बल्कि हैं। (आज जब वह डाक्टर से कहते हैं कि मैंने इनकी और मुन्ने की जान लेने की कोशिश की थी।) वह अब भी मेरी रूह हैं। मेरी ज़िंदगी हैं। वह देखते तो कि उन्हें मारने के बाद क्या मैं ज़िंदा रह सकती थी? वह चाहे लोगों से कुछ कहते फिरें, लेकिन रफ्फो फूफू मेरी ज़िंदगी नहीं थीं, मेरी कुछ भी नहीं। अगर वह मेरी कुछ होतीं, तो मैं उनके साथ क्यों न मर जाती ! यों सुलग-सुलगकर राख क्यों बनती ! तो ख़ैर ! आज

---

1. भुतहा; 2. पंक्तियाँ।

की बात छोड़िए। मैं तो आपको उस दिन का क़िस्सा सुना रही हूँ, जब हम 'ख़ुदमुख़्तार मंज़िल' के ऊपर वाले पोर्शन में आए थे। रात हो चुकी थी। मैं जाकर बालकनी में खड़ी हो गई। नीचे मालिके-मकान के घर में बच्चों और नौकरों की चीख़-पुकार हो रही थी और सड़कों पर इनसानों का हुजूम बह रहा था। फिर मेरी निगाह ऊपर उठ गई, जहाँ दो-दो चाँद मुस्कुरा रहे थे। एक तो ग्यारह तारीख़ का सबुकरौ[1] चाँद हमें देख-देखकर खिल उठा था और उसके क़रीब वह खड़े थे। मैं उनकी बाँहों में छिपकर शरमा गई।

''मेरा चाँद कहाँ छिप गया··· !'' उन्होंने झुककर पूछा।

''अल्लाह, कोई मुझे भी तो चाँदनी में ले जाए,'' नीचे किसी औरत ने बड़ी मुतरन्निम[2] आवाज़ में कहा ··· मैं चौंक पड़ी।

''नीचे मकान के मालिक रहते हैं। बड़े अच्छे लोग हैं ··· तुम्हारा दिल बहला रहेगा,'' उन्होंने इत्मीनान दिलाया।

''मैं चाँद को न देख सकूँ, मगर चाँद तो मुझे देख लेगा,'' वही ख़ूबसूरत आवाज़ कहे जा रही थी।

''नीचे तो कोई मेरे चाँद को देखना चाहता है,'' उन्होंने मसनूई ख़फ़गी[3] से कहा और हम दोनों बालकनी से हट आए।

जाने क्यों वह बड़े शक्की मिज़ाज हैं। शादी के बाद महीनों उन्हें यही अंदेशा रहा कि शादी से पहले मैं किसी और को तो नहीं चाहती थी और अब भी जब मैं उनके साथ होती हूँ, तो वह मेरे चारों तरफ़, मुझे देखनेवालों को देखते। हर औरत की तरह मुझे भी उनकी यह बात बड़ी अच्छी लगती ··· जाने क्यों हम औरतों की तो यह फ़ितरत होती है कि हम किसी की नज़रों में समाकर सबकी नज़रों से छिप जाएँ।

सुबह मुझे मालूम हुआ कि उस घर के बारे में मुहल्लेवालों की राय भी अच्छी नहीं थी। 'ख़ुदमुख़्तार मंज़िल' के रहनेवाले वाक़ई अपने दिल के बादशाह थे। हमारी एक पड़ोसिन ने तो सुबह ही आकर मेरे कान भरे

---

1. तेज़रफ़्तार; 2. मधुर; 3. बनावटी रुष्टता।

कि मालिके-मकान की लड़कियों से होशियार रहना। ख़ूबसूरत बलाएँ हैं—चुड़ैलें ! माशाअल्लाह, तुम्हारे मियाँ सूरत-शक्ल के अच्छे हैं और इस घर में मरने-जीने के खेल बहुत होते हैं।''

यह सुनते ही मैंने ज़ीने वाला दरवाज़ा बंद कर दिया। सुना है, मर्द की ज़वानी तो तेज़ हवा में काँपनेवाला पत्ता है। ज़रा-सी जुम्बिश[1] में बहक जाती है।

फिर शाम को वह बालकनी में जाने लगे, तो मैंने उनका रास्ता रोक दिया।

''आप यहाँ मत खड़े हों। कहीं किसी की नज़र न लग जाए।''

वह हँसने लगे और उसके बाद उन्होंने फिर कभी बालकनी का रुख़ नहीं किया।

यह तीसरे दिन का ज़िक्र है, जब मैं ऑफ़िस जाते वक़्त उनके सीने से लगी खड़ी थी कि सीढ़ियों पर किसी ने दस्तक दी।

वह चौंककर पीछे हट गए। मैंने दरवाज़ा खोला। मालिके-मकान की लड़की थी—साजिदा ! बड़ी ख़ूबसूरत-सी, बड़ी तर्रार-सी, बड़ी फैशनेबल-सी। उसे देखते ही मैं घबरा गई। औरत ज़ात इस मामले-मुआमले में बड़ी सयानी होती है। वह ऑफ़िस की कुंजियाँ ढूँढ़ने लगे, तो जाने मुझे क्यों ग़ुस्सा आ गया। आज उनकी आँखों को क्या हो गया था। सामने पड़ी चीज़ नज़र नहीं आती।

वह चले गए, तो साजिदा ने मुझसे ख़ूब बातें कीं। जब घड़ी ने ग्यारह बजाए, तो उसे आए हुए दो घंटे हो चुके थे और इतनी देर में हम बेतकल्लुफ़ी और दोस्ती के मीलों लंबे फ़ासले तय कर चुके थे। उसने अपने बारे में हर बात बता दी। वह बी.ए. में पढ़ती थी और मर्दों से खेलना उसका दिलचस्प मश्ग़ला[2] था। आजकल उसने एक हिंदू लड़के को पागल बना रखा था। उनका पूरा ख़ानदान बड़ा जज़्बाती था और मनमानी हरकतें करने में वह लोग बहुत मशहूर थे। बड़ी बहन नाजायज़ बच्चों को पालने

---

1. कम्पन; 2. मनोविनोद।

के लिए एक स्कूल खोलना चाहती थी। उसकी ख़ातिर वह घर-बार छोड़ कर चली गई थी। साजिदा के एक चचा डाक्टर थे। एक बार कोई मरीज़ उनके आपरेशन की ख़राबी से मर गया, तो उन्होंने भी ख़ुदकुशी कर ली थी। साजिदा का बाप कपड़े का बहुत बड़ा ताजिर[1] था। उस मकान जैसे उसके चार-पाँच मकान शहर में और थे ··· मैं उसे छोड़ने ज़ीने तक गई, तो फिर कभी आने की मैंने उसे दावत न दी, लेकिन मुझे इस बात पर बड़ा ग़ुस्सा आया कि आख़िर उसने मुझे अपने घर क्यों नहीं बुलाया। मैं चाहती थी कि नीचे उतरकर उस क़िस्सा-कहानियोंवाले घर को देखूँ। शाम को मैंने उनसे यह बात कही, तो वह ख़ूब हँसे। ''तुम ख़ुद ही चली जाओ ··· तुम्हें तो अपनी लैंड-लेडी से मिलना चाहिए।''

दोपहर को नीचे गई। ज़ीना उनके सेहन में खुलता था। साजिदा का घर बड़ा अच्छा था। इतने सलीक़े से सजे हुए घर मैंने बहुत कम देखे थे। जाने कितने नौकर हर तरफ़ किसी-न-किसी काम में मसरूफ़ थे। दालान में कुरसी पर बैठी एक ख़ूबसूरत-सी अधेड़ उम्र की ख़ातून[2] निटिंग कर रही थीं। मैं समझ गई, वह साजिदा की अम्मी हैं।

मेरे सलाम करने पर चौंक पड़ीं। सलाइयाँ उनके हाथों से गिर चुकी थीं। सब ही घबरा गए और यूँ देखने लगे, जैसे मैंने चोरी करते में उन्हें पकड़ लिया।

''साजिदा कहाँ है,'' मैंने पूछा और साजिदा की अम्मी बदहवासी में साजिदा को पुकारने लगीं ···

''कौन आया है ?'' किसी ने बड़े नरम लहजे में पूछा और परदा हटाकर बाहर आ गया।

उसे देखकर मैंने अपनी चीख़ गले में घोंट ली। ख़ौफ़ के मारे हाथ-पाँव ठंडे पड़े थे। मेरे सामने एक चुड़ैल खड़ी थी। उसका मुँह चील-कौओं ने नोच खाया था। आँखों की जगह सुर्ख़ गड्ढे थे और नाक से ठोड़ी तक कहीं गोश्त और खाल न थी।

---

1. व्यापारी; 2. महिला।

"यहाँ आइए," साजिदा जल्दी से आई और अपने हाथों में मुझे सँभाल लिया, जैसे मैं गिरनेवाली हूँ। उसकी माँ ने भी मुझे सहारा दिया। ख़ौफ़ के मारे मैं थरथर काँप रही थी और मेरे पाँव साजिदा के साथ जाने किधर घिसट रहे थे।

"क्या ऊपरवाली किरायेदार आई हैं?" वह चुड़ैल आगे बढ़ने लगी, "सजो, ज़रा मैं भी उनसे बातें करूँगी," वह जाने कैसे चलकर हमारे कमरे में चली आई।

"यह हमारी रफ्फो-फूफू हैं। कल मैं इनके बारे में बताना भूल गई थी," साजिदा ने आहिस्ता से मेरे कान में कहा, "इनके मुँह पर ग़लती से तेज़ाब गिर गया था। इसकी वजह से सारा चेहरा जल गया है।"

यह सुनकर मैं कुछ हवासों [1] में आई।

"इसीलिए तो हम किसी को अपने घर नहीं बुलाते। आपको डर तो नहीं लग रहा है?" साजिदा और उसकी माँ शर्मिन्दा हो रही थीं और साजिदा मुझसे छिपकर अपने आँसू पोंछना चाहती थी।

"परसों रात आप ही हमारे सेहन में उजाला फैला रही थीं?"

बग़ैर होंठों की हिलती हुई बत्तीसी देखकर ठंडे पसीने छूट जाते थे।

जवाब का इंतज़ार किये बग़ैर ही उन्होंने फिर पूछा, "मेरी सूरत देखकर आपको डर तो नहीं लग रहा है?"

"जी नहीं, "मैंने निहायत मरी हुई आवाज़ में कहा। यूँ जैसे माँ के हाथ में छड़ी देखकर बच्चे झूठ न बोलने का इकरार करें।

अब मैंने ज़रा इत्मीनान की साँस लेकर उसे देखा। उसके स्याह बाल और सुडौल जिस्म पच्चीस-तीस बरस से ज़्यादा का नहीं था। गुलाबी-गुलाबी-सी रंगत थी और हाथ तो इतने ख़ूबसूरत थे कि मैं उन्हें देखे गई। ऐसे गुलाबी सुडौल हाथ सिर्फ़ चुग़ताई की तसवीरों में नज़र आते हैं, तो शायद कल यही आवाज़ चाँदनी में नहाना चाहती थी।

"आपकी शादी को कितने दिन हुए?" उन्होंने पूछा, तो साजिदा की

---

1. चेतना।

अम्मी ने मेरे कान में कहा, "मुआफ़ कीजिए। आप इस दरवाज़े से ऊपर चली जाइए, वरना रफ्फो आपकी जान खा जाएगी।"

और अब मैं सोचती हूँ कि मैं उस दरवाज़े से बाहर क्यों न चली गई। आख़िर रफ्फो ने मेरी जान खा ली। बाज़-वक़्त ज़रा-सी काहिली इनसान को कहाँ-से-कहाँ पहुँचा देती है ! शायद यह 'ख़ुदमुख़्तार मंज़िल' का सिहर था। शायद इस घर में कोई ऐसी खुशबू ज़रूर फैली थी कि इनसान अपने होशो-हवास खो बैठता है। जभी तो रफ्फो फूफू की उस ख़ौफ़नाक सूरत में जाने मुझे कौन-सी कशिश नज़र आई कि मैं वहाँ बैठी रही।

"भाभी जान ! क्या यह बहुत ख़ूबसूरत हैं ?" आख़िर वह मेरे पास आ बैठीं।

"हाँ, माशाअल्लाह बड़ी प्यारी-सी सूरत है," साजिदा की अम्मी ने फिर सलाइयाँ उठा लीं।

"जभी तो · · · " उन्होंने अपने गुलाबी हाथों को मलते हुए कहा, "जभी तो हमारी छत पर आजकल चाँदनी इतनी दमकती है," शायद वह हँस रही थीं, बग़ैर होंठों की ख़ौफ़नाक हँसी। मैं शरमा गई। हाय अल्लाह ! यह लोग हमारी सब हरकतें देखते हैं। सारी बातें सुनते हैं।

"मुझे बड़ा अच्छा लगता है," वह मेरे और क़रीब सरक आईं और बड़ी मुहब्बत से मेरा साँवला हाथ अपने गुलाबी मुलायम हाथ में थाम लिया, "मुझे बड़ा अच्छा लगता है, जिस किसी मियाँ-बीवी में इतनी गहरी मुहब्बत हो। जब आसमान का चाँद किसी को ज़मीन पर मिल जाए, तो औरत को फिर क्या चाहिए ?"

वह जाने क्या बातें कर रही थीं। जल्दी-जल्दी, हँस-हँसके रुक-रुककर, ठंडी साँसें भरके और ख़ुशी से लरज़ते हुए लहजे में। जाने क्यों मेरे दिल में उनका एहतिराम[1] बढ़ता जा रहा था। ऐसे लोग दुनिया में कितने कम हैं, जिनका चेहरा जल जाए और दिल स्याह न पड़े।

---

1. सम्मान।

फिर उन्होंने चाय मँगवाई। अलमारी से फल निकालकर लाईं। पंखा खोला। बिलकुल उसी तरह चलती-फिरती रहीं, जैसे आँखोंवाले काम करते हैं। मुझे ताज्जुब हो रहा था कि लाठी थामे बग़ैर कैसे चलती हैं। आख़िर मैं पूछ ही बैठी। वह फिर हँस पड़ीं।

''मुझे इस घर में चलने की आदत है। इसी घर में तो मैं पैदा हुई थी। इक्कीस बरस तक मैंने आँखों से इस दुनिया को ख़ूब देख लिया है और सच पूछो, तो मुझे अब भी हर चीज़ नज़र आती है। मैंने तो सिर्फ़ एक शक्ल न देखने के लिए आँखें बंद कर ली हैं।''

रफ्फो फूफू के ऊपर मुझे कई परदे लटकते दिखाई दिये। कौन जाने अंदर वह कहाँ छिपी बैठी हैं। तीन घंटे बाद वह बड़ी मुश्किल से मुझे इजाज़त देने पर आमादा हुईं। चलते वक़्त मुझे यूँ गले लगाया, जैसे मैं उनकी सगी बहन हूँ और बरसों के लिए बिछड़ रही हूँ।

''फिर कब आओगी?''

''किसी भी दिन,'' मैंने लापरवाही से कहा।

''नहीं। हम तो कल दोपहर के खाने पर तुम्हारा इंतज़ार करेंगे,'' उन्होंने मेरी साड़ी का पल्लू थाम लिया, ''तुम्हारी साड़ी कितनी महक रही है।''

''यह सेंट उन्होंने लाकर दिया है,'' मैंने शरमाकर कहा।

''नहीं ··· हमसे मत छिपाओ। यह तो किसी के प्यार की ख़ूशबू है,'' उनकी बत्तीसी फैल गई।

''आपको इस ख़ुशबू की बड़ी पहचान है। फिर तो हम भी आपका दुपट्टा सूँघेंगे।'' मैंने उनका दुपट्टा थामना चाहा, तो वह पीछे हट गईं।

''हमसे ऐसा मज़ाक मत करना, वरना हम ख़फ़ा हो जाएँगे।'' घर जाने के बाद मैंने साड़ी उतार फेंकी, जिसे रफ्फो फूफू ने छुआ था। अपने हाथ ख़ूब-ख़ूब रगड़कर धोए और मेरा दिल चाहा कि किसी तरह कै करके वह चाय और सेब निकाल दूँ, जो उन्होंने अपने हाथों से खिलाए थे।

फिर मैं रफ्फो फूफू के बारे में सोचती रही। सुना है, मर्द

जज़्बा-ए-रक़ाबत[1] में ऐसी आवारा औरतों पर तेज़ाब फेंक देते हैं। उनकी नाक काट देते हैं, ताकि वह ज़िंदगी-भर उस बेवफ़ाई की निशानी अपने चेहरे पर लिये फिरें, मगर जलानेवाले ने रफ्फो के हाथ क्यों छोड़ दिये। उनके हाथ भी तो बड़े ख़ूबसूरत हैं—कितने गर्म और मुलायम ··· तोबा ··· मैंने अपने हाथ मसहरी पर रगड़ डाले।

शाम को वह ऑफ़िस से आए, तो मैं दिन-भर की कथा उन्हें सुनाने को बेक़रार बैठी थी।

''ऐसी आवारा लड़कियों का यही तो हश्र होता है,'' वह लापरवाही से बोले, ''अच्छा है। अब इस घर की दिलचस्प कहानियों में तुम्हारा वक़्त ख़ूब कटेगा।''

दूसरे दिन शाम को मैं उनके साथ पिक्चर देखने जा रही थी कि ज़ीने में साजिदा मिल गई, ''कल आपने ख़ूब इंतज़ार दिखाया। रफ्फो फूफू ने तो कल से खाना नहीं खाया है।''

''वाक़ई ···· !'' मैं शर्मिन्दा हो गई और उन्हें बाहर ठहरा के साजिदा के यहाँ चली गई।

साजिदा की अम्मी ने मेरे सलाम के जवाब में चाँद से बेटे की दुआएँ दीं और मेरी आवाज़ सुनकर रफ्फो फूफू पलंग से उठ बैठीं।

''अच्छा, नूरी आ गई ··· कल तो अपने मियाँ की सूरत देखकर तुम इस नकटी चुड़ैल को भूल ही गईं।''

''इसका तो दिमाग़ चल गया है,'' साजिदा की अम्मी ने मेरी पशेमानी[2] देखकर कहा, ''मैंने कल लाख समझाया कि तुम खाना खा लो। शायद उन्हें याद न रहा हो, मगर यह एक सिरफिरी ठहरी ··· कल से भूखी पड़ी है ··· ''

''मुझे वाक़ई, बड़ी शर्मिन्दगी है। आप कल से मेरी ख़ातिर भूखी हैं,'' मैंने उनके पास बैठकर उनके हाथ थाम लिये।

''नहीं ··· बस यूँ ही मैंने खाना नहीं खाया,'' लापरवाही से बोलीं, ''तुम

---

1. प्रतिद्वंद्विता की भावना; 2. पश्चात्ताप।

जाने क्यों मुझे बहुत पंसद आ गई हो और मुझ मनहूस की यह आदत है कि हमें जो अच्छा लगे, हम उसी के हैं या फिर किसी के नहीं ··· कल से मेरा जी चाह रहा है कि तुम्हें एक मिनट को न छोड़ूँ। कल मैंने अपने हाथ से तुम्हारे लिए कलेजी पकाई थी।''

''तो आपने मुझे बुला लिया होता !'' मैंने नदामत[1] भरे लहजे में कहा।

''नहीं, इसकी क्या ज़रूरत थी,'' वह शिद्दते-इज़्तिराब[2] में काँप रही थीं, ''जो बात दिल से उतर जाए, उसे याद दिलाने से क्या फायदा ··· !''

फिर मुझे जाने क्या हुआ ··· जाने कौन-सी आँच थी, जिसमें मेरी सारी नफ़रत और ख़ौफ़ पिघल गया और मैंने जल्दी से रफ्फो फूफू के गले में बाँहें डाल दीं। वह मुझसे चिमटी थरथर काँप रही थीं। उनकी आँखों के सुर्ख़ गढ़े गहरे सुर्ख़ हो रहे थे। बग़ैर आँखों के आँसू बहाना कितना अज़ीयतनाक[3] होता है।

उनका दुःख देखकर मेरी आँखें भर आईं। हमारे साथ साजिदा और उसकी माँ भी आँसू पोंछ रही थीं।

फिर हम मेज़ पर गए। कल की बासी कलेजी के निवाले उन्होंने मुझे अपने हाथ से खिलाए। उसके बाद अमरूद का वह कचालू खिलाया, जो उन्होंने ख़ुद बनाया था। फिर मैंने उनके हाथ का बना हुआ पान खाया।

सात बजे शाम को जब मैं बड़ी मुश्किल से दूसरे दिन दोपहर को आने का वादा करके ऊपर आई, तो वह सूट और जूतों समेत मसहरी पर लेटे ऊँघ रहे थे। मुझे देखकर उन्होंने गुस्से के मारे मुँह फेर लिया और मैं सन्न होकर रह गई।

रफ्फो फूफू के साथ बैठकर मुझे याद ही न रहा कि मैं उनके साथ पिक्चर देखने निकली थी।

मैंने उन्हें हज़ार तरह से मनाया, मगर वह ताने देते रहे।

---

1. पछतावे; 2. व्याकुलता की तीव्रता; 3. यातनाजनक।

"मैं तो इसी क़ाबिल हूँ कि तुम उस नकटी चुड़ैल को देखकर मुझे भूल जाओ। अच्छा हुआ, मुहब्बत की भूखी थीं। वहाँ तुम्हें अपने क़द्रदान मिल गए।"

अब मैं सख़्त उलझन में थी कि रफ्फो फूफू के बारे में उन्हें कैसे समझाऊँ। उस दिन से आज तक मेरी यह उलझन बाक़ी है। जाने क्यों उन्हें रफ्फो फूफू से बैर बढ़ता गया और मैं उनसे चोरी-छिपे नीचे जाती, जैसे उनकी ग़ैर-मौजूदगी में अपने किसी आशिक़ के पास जा रही हूँ।

मुझे देखकर साजिदा की अम्मी कहतीं, "रफ्फो नामुराद को तुम क्या मिली हो, जैसे आँखों की रौशनी मिल गई है। सारा दिन तुम्हारा ज़िक्र करती है। तुम्हारे लिए खाना पकवाती है।"

मेरी आवाज़ सुनते ही वह दौड़ते हुए आतीं। कई बार वह रास्ते में रखे हुए उगालदान, मेज़ या कुरसी से टकराकर गिर पड़ीं। घुटने ज़ख़्मी हो गए या कुहनियाँ छिल गईं, मगर वह घुटने सहलाकर मुझसे लिपट जातीं।

"तुम कहाँ हो? यह तो मैं तुम्हारी ख़ुशबू से पहचान लेती हूँ।"

"मैं तो कोई ख़ुशबू नहीं लगाती। रफ्फो फूफू! आप जाने कैसे सूँघ लेती हैं?"

"तुम यह बातें नहीं समझोगी," उन्होंने आह भरके कहा, "मैं तो हर वक़्त तुम्हें देखती रहती हूँ।"

"मगर रफ्फो फूफू, मैं इतनी अच्छी नहीं हूँ। आप मुझे देखतीं, तो रिजेक्ट कर देतीं।"

"नहीं, तुम बहुत प्यारी हो," वह मेरे हाथ थाम लेतीं, "जभी तो तुम्हारे मियाँ तुम्हें इतना चाहते हैं। मर्द औरत की शक्ल ही तो देख सकते हैं। रूह में झाँकने की फुरसत किसे मिलती है," वह बड़ी फ़लासफ़र बन कर कहतीं।

रफ्फो फूफू से मेरी बढ़ी हुई दोस्ती साजिदा के यहाँ भी किसी को पसंद नहीं थी। उनकी तरफ़ झुकते देखकर अब साजिदा भी मुझसे

खिंची-खिंची रहती। साजिदा की अम्मी उठते-बैठते रफ्फो को डाँटतीं, ''तुझे तो दुनिया में कोई काम नहीं रहा, मगर नूरी बेचारी तो बेकार नहीं है।''

कभी यों होता कि उनके ऑफ़िस से आने का वक़्त हो जाता। मैं घर जाना चाहती, मगर रफ्फो फूफू मेरे हाथ न छोड़तीं। अब मैं उन्हें कैसे समझाती कि वह मेरे यहाँ आने से कितना ख़फ़ा होते हैं। ऐसे वक़्त फिर साजिदा की अम्मी उठतीं, ''कमबख़्त नामुराद बला की तरह चिमट गई है बेचारी की जान को ... वह भी तो घर-बारवाली है। हर वक़्त तेरी वहशतनाक सूरत कहाँ तक तके जाएगी।''

फिर वह ज़ीने तक आकर मुझसे माफ़ी माँगतीं, ''क्या करूँ बेटी ! अल्लाह ने मुझे जाने किन गुनाहों की सज़ा दी है। कमबख़्त को मौत भी तो नहीं आती। इसीलिए मैं तो अपने घर में किसी को बुलाते हुए डरती हूँ।''

मुझे और शर्मिन्दगी होती। अब मैं सबको कैसे यक़ीन दिलाती कि मुझे रफ्फो फूफू बहुत पंसद हैं। मैं उनके पास मजबूरन नहीं बैठती, मगर कोई यक़ीन न करता।

घर आती, तो वह अलग ख़फ़ा होते। उन्हें जाने क्यों रफ्फो फूफू इतनी बुरी लगती थीं। अब तो वह मेरी सारी लापरवाहियों का इल्ज़ाम रफ्फो फूफू पर रखते।

''आप तो यूँ उनसे जलने लगे हैं, जैसे वह आपकी रक़ीब[1] हों,'' एक दिन मैं उनसे लड़ पड़ी।

''और नहीं तो क्या, रक़ीब के सिर पर सींग होते हैं,'' उन्हें भी ग़ुस्सा आ गया, ''मैं ख़ूब जानता हूँ ऐसी औरतों को। अब कोई मर्द तो उसकी सूरत पर थूकेगा नहीं, इसलिए आपको अपने जाल में फाँस रही है।''

''आप मुझे ज़लील औरत समझते हैं ?'' बेबसी के मारे मैं रो पड़ी।

उस दिन हम दोनों ख़ूब लड़े, मगर यह हमारी पहली लड़ाई थी, इसलिए उन्होंने मुझे फ़ौरन मना लिया। मैंने उसी दिन रफ्फो फूफू से कभी न मिलने की क़सम खा ली थी। आख़िर उन्हें हथियार डालना पड़ा और वह ख़ुद

---

1. प्रतिद्वंद्वी।

ज़बरदस्ती मुझे ज़ीने तक छोड़ने आए।

मुझे डर था कि तीन दिन तक न जाने से रफ्फो फूफू ने जाने अपना क्या हाल किया होगा। मुझसे बहुत ख़फ़ा होंगी, मगर वह हस्बे-आदत[1] उसी बेताबी से मेरी तरफ़ दौड़ीं।

''रफ्फो फूफू ! मैं तीन दिन तक न आ सकी। बात यह हुई कि ... ''

''ऊँह, बात कुछ भी हो,'' उन्होंने मेरी बात काटकर कहा, ''मैं जानती हूँ कि कोई मुझे आख़िर क्यों पसंद करेगा ! तुम्हारे मियाँ भी मुझसे मिलने पर ख़फ़ा होते होंगे।''

''नहीं, अल्लाह ... आप कैसी बातें करती हैं,'' मैं हैरान थी कि यह बात उन्हें कैसे मालूम हुई।

''मुझे इतना बेवक़ूफ़ मत समझो नूरी !'' आज जाने क्यों इतनी संजीदा हो रही थीं, ''मैंने हिमाक़त में हमेशा चलती हवाओं को पकड़ने की कोशिश की है।''

''रफ्फो फूफू ! मुझे मुआफ़ कर दीजिए !'' मैं इससे ज़्यादा और कुछ न कह सकी।

''मुआफ़ी काहे की चंदा !'' उन्होंने बड़े प्यार से मेरे कंधे पर हाथ रखा, ''क्या मैं यह बात नहीं जानती कि तुम्हारे मियाँ क्या चाहते होंगे ... मुझे तुम इसीलिए तो अच्छी लगती हो कि कोई तुम्हें इतना चाहता है।''

''रफ्फो फूफू !'' मैं जाने क्यों चिल्ला पड़ी, ''वह कौन ज़ालिम था, जिसने तेज़ाब फेंककर आपकी दुनिया जला डाली,'' मेरी आँखों में सचमुच आँसू आ गए।

''पागल ! तुमसे यह बात किसने कही कि मुझे किसी ने अंधा कर दिया। मैंने ख़ुद अपनी आँखें फोड़ी हैं।''

''सच ?'' मैं उछल पड़ी।

''हाँ ... !'' उसका पूरा बदन काँप रहा था, ''तुम ज़रा सोचो कि जो

---

1. स्वभावानुसार।

हमारी जान भी हो और रूह भी, जिसकी मुहब्बत पर हमें अपने वज़ू की तरह यक़ीन हो, वह अचानक बदल जा ··· तो ··· '' उनकी आँखों के गड्ढों से जैसे ख़ून टपकनेवाला था ··· 'नज़्म मेरी आँखों में बार-बार झाँकता था। रफ्फो ! क्या बात है ! तुम्हारी आँखों के अंदर मैं ही नज़र आती हूँ !' उसकी यह बात सुनकर मेरा जी चाहता कि अपनी आँखें कसके बंद कर लूँ। कहीं नज़्म फिसल न जाए ··· और फिर नज़्म मुझसे बदल गया। एक करोड़पति की दौलत ने उसे खींच लिया। मुझे लोगों के कहने पर यक़ीन न आता था। फिर उसने ख़ुद मुझसे कहा कि अब्बाजान ज़बरदस्ती एक लड़की मेरे सिर मढ़ रहे हैं। यह सुनकर मैं चुप रही। मैंने उसकी दुल्हन के कपड़े ख़ुद सिए। रात-रात-भर जागकर आँगन में गीत गाए। जो चीज़ हमारी नहीं रही, उसके लिए क्यों रोएँ। फिर दरवाज़े पर वह शहनाइयाँ गूँज उठीं, जो हमेशा से मेरे कानों में बसी हुई थीं। मैंने कितने हज़ार बार यह ख़्वाब देखा था कि घर रौशनियों से जगमगा रहा है। आँगन में मीरासिनें गा रही हैं और नज़्म की बहनें अपने जगमगाते दुपट्टे उसके सेहरे पर डाले उसे मसनद की तरफ़ ला रही हैं। फिर कोई ज़ोर से चिल्लाया, 'नज़्म की दुल्हन कहाँ है ?' और मैं पान बनाते-बनाते रुक गई। उसके बाद मैं अपने घर की तरफ़ तेज़ी से भागी। फिर सब मुझे ढूँढने निकले, कि मैं नज़्म की दुल्हन देखूँ। नज़्म ख़ुद आया।

" 'मैं तुम्हारी दुल्हन को इसलिए नहीं देखूँगी कि उसने कहीं मेरी आँखें देख लीं, तो !'

यह सुनकर नज़्म चला गया, मगर उसकी दुल्हन ख़ुद अंदर आ गई। मैं घबराकर भाई जान की डिस्पेंसरी में भागी और तेज़ाब की बोतल अपने चेहरे पर उँडेल ली।

"उफ़्फ़ाह ··· मुझे किस कदर सुकून हुआ है उस दिन," रफ्फो फूफू ने इत्मीनान से कहा, "जैसे मेरी जलती हुई आँखों पर किसी ने बर्फ़ की डलियाँ रख दीं। जैसे कलेजे में भड़कती हुई आग पर किसी ने ठंडा पानी डाल दिया हो।"

"मगर रफ्फो फूफू, आँखें इतनी सस्ती तो नहीं होतीं कि एक शख़्स के लिए बंद कर ली जाएँ," मैं आख़िर पूछ बैठी।

"मुझे आँखें जलाने से कोई तकलीफ़ नहीं हुई चंदा," उन्होंने बड़ी मुहब्बत से मेरे हाथ थाम लिए। "मैं अब भी अपना हर काम कर लेती हूँ, और फिर वह आँखें मेरी कहाँ रही थीं, जिनमें नज़्म बसा हुआ था।"

मैंने उनके ठंडे सफ़ेद हाथ पकड़ लिए।

"जाने नज़्म साहब आपके हाथ कैसे भूल सके होंगे। सच्ची रफ्फो फूफू ! मैं तो आपके हाथों पर मरती हूँ।"

"हाय अल्ला ! यूँ न कहो भई !" वह ख़ुश हो गईं, "कहीं मैं यह हाथ तुम्हें न दे दूँ !"

फिर हम दोनों हँस पड़े।

"अब इन हाथों को कभी न छोड़ना, वरना यह भी बे-मसरफ़ हो जाएँगे।"

उस दिन हम ख़ूब हँसे थे। रफ्फो फूफू के दिल से भी जैसे बहुत बड़ा बोझ हट गया था और वह बहुत ख़ुश थीं। साजिदा और उसकी अम्मी भी हमारे पास आ बैठीं। वह दौरे पर थे। इसलिए दिन-भर हमने ख़ूब लतीफ़े सुनाए। साजिदा की अम्मी ने पूरियाँ बनाईं और रफ्फो फूफू ने ख़ुद फ्रूट-सलाद बनाया।

वह मेरे लिए ख़ुद खाना पकाती थीं, चाहे कितनी ही बार हाथ जले। ख़ुद कपड़े ख़रीदकर मेरे लिए सिलवातीं। वह मेरे लिए तोहफ़े भेजतीं, तो वह उठाकर फेंक देते। रफ्फो फूफू की बेबसी सुनाकर मैंने कितना चाहा कि उनके दिल में रफ्फो फूफू के लिए रहम जागे, मगर उनका दिल और पत्थर बन गया। मैं नीचे जाती, तो वह मेरा रास्ता रोक लेते। फिर एक दिन उन्होंने कहा कि अब हम दूसरे मकान में चले जाएँगे। उनकी ख़ुदग़र्ज़ी पर मैं भन्ना उठी। रफ्फो फूफू को मुझसे दूर करके उन्हें क्या मिलेगा। मेरा जी चाहा कि उनसे ख़ूब लड़ूँ, मगर इश्क़े-मसलहत-आमेज़[1] ने मुझे

---

1. हितपूर्ण प्रेम।

सब्र करना सिखा दिया था।

उस दिन रफ्फो फूफू का अंधापन मेरे आँसू न देख सका, जब मैंने उन्हें घर बदलने की ख़बर सुनाई।

''यहाँ तुम्हें क्या तकलीफ़ है ?'' उन्होंने उदास लहजे में पूछा, ''अगर किराया ज़्यादा है, तो मैं भाईजान से कहकर कम करवा दूँगी।''

''नहीं, बात यह है कि उनका ऑफ़िस दूर चला गया है। इसलिए हम वहीं रहेंगे।''

''अच्छा !'' वह ख़ामोशी से बिस्तर पर लेट गईं। ''जब तुम नहीं आई थीं, तो तुम्हारी आवाज़ सुनकर ख़ुश हो लेती थी।''

''मैं वहाँ से भी आपके पास आया करूँगी,'' फिर मैं रोने लगी, और यह देखकर मेरे आँसू और बहने लगे कि रफ्फो फूफू रोना चाहतीं, मगर रो भी न सकती थीं।

अब मैं कभी-कभार उनसे छिपकर रफ्फो फूफू से मिलने आ जाती थी। उन दिनों मुझे मतली-चक्कर शुरू हुआ। रफ्फो फूफू ने यह ख़बर सुनी, तो बस खिल उठीं।

''नूरी ! अब तो मेरा जी चाहता है कि मुझे बीनाई[1] मिल जाए। मैं अपने बेटे को देख लूँ।'' वह मुझे रोज़ खट्टी-मीठी चीज़ें पकाकर भेजती थीं। उन्होंने साजिदा से बहुत-से छोटे-छोटे कपड़े सिलवाए थे। मेरी आवाज़ सुनते ही वह कोई लोरी गाने लगतीं। फिर मुझे गले लगाकर प्यार करतीं। उन्हें हँसी आए चली जाती।

फिर एक दिन उन्होंने निहायत संजीदगी से कहा, ''नूरी, तुम्हें याद है न ! मैंने अपने हाथ तुम्हें दे दिये हैं, तो भई इनका मसरफ़ यह होगा कि तुम्हारा बच्चा पालेंगे। तुम उसके लिए आया मत रखना। मुझे अपने घर में रख छोड़ना !''

''हाय रफ्फो फूफू ! ऐसा न कहिए !'' मैं वाक़ई सहम गई। ऐसी ख़ौफ़नाक सूरतवाली अंधी से वह अपना बच्चा क्यों पलवाएँगे।

---

1. आँखों की रौशनी।

आजकल तो वह मुझसे भी ख़फ़ा रहते थे। रफ्फो फूफू हमारे घर से इतनी दूर थीं। फिर भी हर वक़्त हमारे घर पर छाई रहतीं। अब वह मुझसे सीधी तरह बात भी न करते। ऑफ़िस से अचानक बेवक़्त लौट आते, महज़ यह देखने के लिए कि मैं घर में हूँ या रफ्फो फूफू के यहाँ !

कभी-कभी मैं सोचती कि बस अब रफ्फो से मेरी दोस्ती ख़त्म ! मैं अपना घर क्यों जलाऊँ? वह मुझसे दूर हटते जा रहे थे। रातों को देर से घर आते। मेरे साथ खाना भी नहीं खाते थे।

फिर एक दिन रफ्फो फूफू के तकाज़ों से तंग आकर मैं उनके यहाँ गई, तो बस उनसे उलझ पड़ी, ''मैं आख़िर अपने मियाँ का भी कुछ ख़याल करूँ या दिन-रात आप ही के पास बैठी रहूँ। वह मेरी लापरवाहियों से कितने उदास रहने लगे हैं !''

यह सुनकर रफ्फो फूफू ख़िलाफ़े-तवक़्क़ो [1] खिल उठीं, ''अल्लाह तुम दोनों की मुहब्बत क़ायम रखे। मैं अब कभी तुम्हें नहीं बुलाऊँगी। बस ! अब मैं अपने मुन्ने को प्यार करने ख़ुद ही आऊँगी,'' उनका सारा बदन काँप रहा था।

आख़िर मैं हार गई। रफ्फो फूफू तो काँटों भरी झाड़ी बनकर मुझसे लिपट गई थीं। एक तरफ़ से छुड़ाती, तो दूसरी तरफ़ से घेरतीं।

फिर मेरी तबीयत ख़राब हुई। जिस वक़्त मैं हॉस्पिटल जा रही थी, तो वह बार-बार आँखें मल रहे थे। उनकी उदास सूरत देखकर मुझे कितनी ख़ुशी हुई। मैं अपनी तकलीफ़ भूल गई। आज कितने दिनों बाद मैंने अपने लिए उनकी आँखों में आँसू देखे थे। मुन्ना पैदा हुआ, तो उनकी ख़ुशी की इंतहा न रही। वह मेरे पास आ बैठे, जैसे उन्हें मुझसे शिकायत ही न रही हो।

मुन्ने को लेकर जब हम घर आए, तो मैंने उनसे एक ही इल्तिजा [2] की और उन्होंने मेरी बात मान ली। आज तो वह मेरी सारी ख़ताएँ माफ़ कर चुके थे। मुझे मुँह-माँगा इनाम दे सकते थे।

फिर वह ख़ुद रफ्फो फूफू को लाने उनके यहाँ गए। उनका हाथ पकड़कर

---

1. आशा के प्रतिकूल; 2. प्रार्थना।

ख़ुद सीढ़ियाँ चढ़ाईं और झूले में से बच्चा उठाकर उनकी गोद में दिया।

''लीजिए, यह है हमारा मुन्ना !''

''आपका मुन्ना नहीं, यह तो मेरा बच्चा है,'' रफ्फो फूफू ने उसे सीने से चिपटाकर कहा, ''इसे मैं पालूँगी।''

''यह कैसे हो सकता है !'' अचानक जाने क्यों उन्हें ग़ुस्सा आ गया, ''भला आप बच्चे को कैसे पाल सकती हैं ··· नहीं साहब, मैं अपने बच्चे के बारे में इतना जज़्बाती बनने को तैयार नहीं हूँ।''

रफ्फो फूफू ने कुछ न कहा ··· ख़ामोशी से अपने हाथ मरोड़ने लगीं। मैं भी तड़पकर रह गई। भला कोई यूँ बे-मुरव्वती से जवाब देता है।

रफ्फो फूफू ने आहिस्ता से बच्चा मुझे दे दिया। वह थरथर काँप रही थीं। कमरे में बड़ी गहरी ख़ामोशी छाई हुई थी। वह बेहद ग़ुस्से में कुरसी पर बैठे सिगरेट पी रहे थे, फिर अचानक रफ्फो फूफू की चीख़ सुनकर मैं उछल पड़ी। वह बुरी तरह तड़प रही थीं और उनके दोनों हाथ कुरसी के बीच में फँस गए थे। हम दोनों ने बड़ी मुश्किल से खींच-खींचकर उनके हाथ निकाले, जो कुहनियों के पास से टूटकर मुड़ गए थे, और सारी कुरसी ख़ून से रंग चुकी थी।

''रफ्फो फूफू ! यह आपने क्या किया ··· ?'' मैं ग़म के मारे पागल हो गई।

''मैं बे-मसरफ़ चीज़ों को अपने पास नहीं रखती,'' उन्होंने आहिस्ता से कहा और ख़ामोश हो गईं ··· इसके बाद जाने मुझे क्या हुआ कि मैं मुन्ने का गला दबाने दौड़ी ··· मेरा बस चलता, तो मैं मुन्ने और उसके अब्बा दोनों को ख़त्म कर डालती। दुनिया से सारी बे-मसरफ़ चीज़ों को मिटा डालती।

लेकिन मेरी कोई आरज़ू पूरी न हुई। यहाँ सलाख़ों के पीछे बिस्तर पर लेटी मैं मुन्ने का इंतज़ार करती हूँ। वह कितने बेदर्द हैं कि मुझे अँधेरे कमरे में बंद कर गए हैं। यहाँ बैठी मैं सोचती हूँ कि अपने बे-मसरफ़ हाथों से मैं रफ्फो फूफू की कहानी ही लिख लेती।

दूरबीन

"ज़रा देखना वेंकटाचारी, सलूजा मेरे क़रीब है। मैं हाथ बढ़ाकर उसे छू सकता हूँ।" बड़े भैया के दोस्त नारायण ने दूरबीन आँखों से लगाकर कहा।

और मैं दूरबीन में झाँकने की बजाय अपनी बीवी सलूजा को देखने लगा, जो नारायण के बहुत क़रीब चली आई थी और मुझसे बहुत दूर आँगन के उस पार चूल्हे के पास बैठी इमबाड़े की भाजी चुन रही थी।

"ऊँह ! अहमक़[1]! इसके अंदर देखो," नारायण ने मेरा सिर दूरबीन से लगाया और ज़ोर से चिल्लाया, "सलूजा, ज़रा देखो इस दूरबीन के कमाल ... अभी तुम मेरे बिलकुल पास आ गई थीं और इन्हें इस बात की ख़बर भी न हुई।"

नारायण की आवाज़ सुनकर सलूजा उछल पड़ी ... जाने दूरबीन को देखकर या साड़ी के उस बंडल को देखकर, जो नारायण के हाथ में था।

"अभी वहीं रहो सलूजा !" मैंने हाथ हिलाकर दूरबीन के अंदर फोकस जमाते हुए कहा। "ज़रा मैं भी तो देखूँ कि तुम मेरे कितने क़रीब आ सकती हो !"

मगर सलूजा एक ही जस्त[2] में इतना बड़ा आँगन पार करके नारायण के पास आ खड़ी हुई। नारायण ने दूरबीन का फोकस बदल दिया और मुझसे कहा, "अब देखो ... !"

---

1. मूर्ख; 2. फलाँग।

"अरे ··· !" इतनी ज़रा-सी छँगुलिया जितनी सलूजा, जैसे मुझसे मीलों दूर खड़ी थी।

"कैसा जादू है यह ··· ?" मैंने सख़्त ताज्जुब भरे लहजे में कहा, और घबराके दूरबीन आँखों से हटा ली।

"नारायण भाई ! तुमने सलूजा को इतनी दूर कर दिया ! वह मुझे बड़ी मुश्किल से मिली है भाई !"

"और कितनी आसानी से दूर चली गई," नारायण हँसने लगा। ऊँचा, गूँजता हुआ बेझिझक और बेरहम-सा कहकहा ···

"ज़रा मैं भी देखूँ," सलूजा ने भीगे हाथ साड़ी से पोंछते हुए कहा।

"आओ, हम दिखाएँ," नारायण ने दूरबीन सलूजा के हाथ में थमाने से पहले सलूजा के चेहरे को अपने हाथों में ऊपर उठाया। फिर उसके बदन का ज़ाविया [1] दुरुस्त किया और फिर उसके चेहरे से अपना चेहरा मिलाकर पूछा, "नज़र आ रहा है क्या ··· ?"

"आ हाँ ··· बहुत कुछ ··· ?" और सलूजा एक ऐसा तमाशा देखने लगी, जो मैं उसे कभी न दिखा सका। यह सब नारायण का करम था। वह दरअस्ल मेरे बड़े भाई का दोस्त था। एक बार चटी की बर्थ-डे में वह हमसे मिला था और हम दोनों उसे बहुत पसंद आ गए। बड़े भैया ने बताया था कि नारायण बड़े खुले दिल और खुले हाथ का आदमी है। शराब का ब्यौपारी है और रेस का दीवाना, मगर इतने अच्छे आदमी की बीवी शादी के सिर्फ़ एक साल के बाद उसे छोड़कर किसी और मर्द के साथ चली गई थी। यह सदमा नारायण ने बड़ी मुश्किल से सहा। उसने दोबारा शादी नहीं की। सिर्फ़ रेस के घोड़ों और दोस्तों की बीवियों से दिल बहलाता रहा। मुझे उस बेचारे पर तरस आया। सलूजा को भी उसकी सूनी ज़िंदगी रुला गई। इसलिए वह हमसे एक घंटे में ख़ूब बेतकल्लुफ़ हो गया।

फिर एक दिन वह हमारे घर आया और आते ही उसने सलूजा से

---

1. कोण।

दोस्ती कर ली—उसे हैरतअंगेज़ कहानियाँ सुनाकर, टॉफ़ियाँ और बिस्कुट खिलाकर, मज़ेदार खानों की तरकीबें बताकर, गीत सुनाकर, सितार बजाकर, फ़िल्मस्टारों की नक़लें उतारकर।

वह तो हरफ़नमौला था। दिलों को जीतने का फ़न सीखने के लिए जाने उसने कितने जतन किए थे, मगर अपनी पत्नी के जाने के बाद ··· वरना ऐसा इनसान तो कृष्ण कन्हैया होता है। औरतें उसकी दीवानी होती हैं। उसके पग-पग पर पलकें बिछाती हैं।

यह सलूजा ने हर वक़्त खिड़की में से झाँकना क्यों सीखा है?

आपने भी गौर किया होगा कि बाज़ लोगों में ऐसी कशिश होती है कि वह पल-भर में आपको अपना बना लेते हैं। बस नारायण की शख़्सियत भी एक देव की तरह हमारे ऊपर मुहीत [1] होती गई और मैंने जाने कब ख़ुद-ब-ख़ुद उसके आगे अपने-आपको एक अहमक़ और नासमझ, नातजर्बेकार इनसान मान लिया। सलूजा की पसंद के लतीफ़े सुनाने में वह बार-बार मेरी तरफ़ देख लेता था, जैसे यह बात तय हो चुकी हो कि वह मेरा पक्का दोस्त है। इसीलिए मेरी बीवी को ख़ुश रखना उसका फ़र्ज़ हो।

उस दिन भी वह चला गया, तो सलूजा एकदम चुप-सी हो गई और मैं सुबह के बासी अख़बार में दिल हिला देनेवाले क़त्ल की ख़बर पढ़ते-पढ़ते लरज़ने लगा। फिर हमारे आस-पास हलकी-हलकी, ठंडी-ठंडी, कँपकँपा देनेवाली हवा ज़ोर पकड़ने लगी। उस वक़्त खिड़की के रास्ते धूप की एक सुनहरी तलवार मेरे और सलूजा के बीच आ खड़ी हुई। हवाओं के तेज़ झक्खड़ चलने लगे। ऐसी हवा, जो शोलों को भड़काती है, सारे घर में गर्द व ग़ुबार का तूफ़ान खड़ा कर देती है और कभी-कभी तो मुद्दतों से सेंत-सेंत कर रखे हुए खिलौने औंधा देती है। हवा की तेज़ी से घबराकर सलूजा ने सारे दरवाज़े, खिड़कियाँ बंद करना चाहीं, फिर दो कप चाय लाकर मेरे सामने आ बैठी।

---

1. आच्छादित।

"अब की संक्रांति पर तुम्हारे लिए भी वैसा ही डबल-नेट का पैंट ख़रीदूँगी, जैसा नारायण का है," सलूजा ने कॉफ़ी में डालनेवाली शक्कर भी अपने लहजे में घोल ली थी।

"मुझे नहीं चाहिए," मैंने जलकर कहा।

"हाँ, वह तो महँगा कपड़ा होगा," सलूजा उस वक़्त इस आलम में थी, जब वह देखती थी, मेरी सूरत और उसे नज़र आती थी कोई और सूरत। गर्म कॉफ़ी के घूँट से मेरी ज़बान जल गई और मैंने धूप की सुनहरी तलवार पर कॉफ़ी का कप पटककर कहा, "क्या अंगारे घोले हैं कॉफ़ी में ··· इतनी गर्म ··· !"

मेरे ग़ुस्से पर सलूजा को हँसी आ गई। दरअस्ल उसकी हँसी बहुत देर से कोई बहाना ढूँढ रही थी। सलूजा की हँसी, जो मेरे लिए कभी रौशनी थी, कभी शोला, कभी दिल थी, कभी जान ··· हँसते-हँसते उसे फंदा लग गया और खाँसते-खाँसते वह रुककर बोली, "जाने कौन मुझे इस वक़्त याद कर रहा है !"

"मगर मुझे वह ज़रा अच्छा नहीं लगता। रोज़ आ जाते हैं अपनी शान दिखाने के लिए ··· " मैंने कॉफ़ी का कप रखकर सिगरेट सुलगाते हुए कहा।

"तो हम क्या ग़रीब हैं ··· ?" सलूजा तुनककर बोली। "मैं किसी का एहसान लेनेवाली नहीं हूँ। दस बार किसी को दूँ, तो एक बार लूँगी।"

"अच्छा-अच्छा, बहुत हो चुका लेना-देना !" मैंने फिर अख़बार उठाकर दिल हिला देनेवाले क़त्ल की ख़बर पढ़ने लगा, मगर अस्ल में सलूजा का चेहरा पढ़ रहा था। सलूजा की आँखें थीं कि आईने थे–इर्फ़ान[1] के, यक़ीन के ··· और मैं आईना-दर-आईना उसे देख रहा था। जाने क्यों मेरा दिल चाहता था कि सलूजा भी मेरे साथ नारायण से अपनी शदीद नफ़रत का इज़हार करे। मजबूर करे कि मैं नारायण से दोस्ती छोड़ दूँ। उसका घर में आना-जाना बंद करा दूँ, क्योंकि मुझे वह आँखें अच्छी नहीं लगती

---

1. ब्रह्मज्ञान या आत्मपरिचय।

थीं, जो सलूजा की तरफ़ देखें। सलूजा बड़ी मासूम थी, मासूम और शर्मीली ! हर चीज़ को पाप और पुण्य की तराज़ू में तोलनेवाली, हर सुबह उठकर पूजा करनेवाली।

अभी साल-भर पहले तक मेरे और सलूजा के बीच पाँच छतों का फासला था और मैं सारी-सारी रात छत पर टहल-टहलकर सोचता था कि यह फ़ासला कैसे तय होगा ? सलूजा का बाप बीड़ी के पत्ते का ब्यौपारी था। इसलिए वह अपनी बेटी के लिए भी एक लखपति दूल्हा ढूँढ रहा था। इधर मेरे पास पाँच सौ रुपए की एक लेक्चररशिप थी और एम.ए. की एक मामूली-सी डिग्री, मगर सलूजा कहती थी, मुझे सोने का मंगलसूत्र और कतान की साड़ी नहीं चाहिए ··· और फिर सलूजा की पूजा रंग लाई ··· वह भगवान, तो पत्थर की मूरत बने चंदन के सिंहासन पर चुपचाप बैठे नज़र आते हैं, जाने कैसे अपने सिंहासन से नीचे उतरे और हम दोनों के सिर पर हाथ रखकर आशीर्वाद दिया ··· सलूजा के गले में झूठे मोतियों का मंगलसूत्र देखकर मुझे ख़याल आता, वह कितनी ऊँची है ··· कितनी दिलवाली है !

हमारी कहानी सुनकर नारायण ख़ूब हँसा और संजीदगी से बोला, "तुम भोले राजा हो वेंकटाचारी ··· क्या सचमुच उसके वादे पर यक़ीन कर बैठे ? उसे अब हर चीज़ चाहिए मेरे भाई, मगर तुम्हें पाने के बाद ··· "

"नहीं, नारायण भाई, वह ऐसी नहीं है।"

"हम भी यही समझते थे यार ! बस इसी धोखे में रहे। अच्छा, अब कल इतवार के दिन हम अपनी दूरबीन लेकर आएँगे, और तुम्हें सलूजा को बड़ा और छोटा करने का तमाशा दिखाएँगे।"

इतवार के दिन नारायण अपने स्कूटर पर लदा-फँदा आया। उसके गले में दूरबीन लटक रही थी और स्कूटर की बास्केट में केक, मिठाई, सब्ज़ियाँ, और फल थे। वह हर इतवार को इसी तरह बहुत-सा खाने का सामान लेकर आने लगा। मैं शर्मिंदा होकर कहता, "नारायण भाई ! इतना

तकल्लुफ़ क्यों ··· ख़्वाहमख़्वाह की फ़िज़ूलख़र्ची··· '' और वह बड़े प्यार से मेरे कंधे पर हाथ रखकर कहता, ''क्या यह मेरा घर नहीं चारी ! तुम्हारे घर में ज़रा-सा सुक़ून ढूँढने आ जाता हूँ और तुम्हें यह समझाने कि औरत ज़ात पर कभी भरोसा मत करो, मगर मेरे आने से सलूजा को कोई तकलीफ़ नहीं होनी चाहिए।''

अब मेरे कहने को क्या रह जाता ! मुझे नारायण की तनहाई पर तरस आता। उसे एक औरत ने जो धोखा दिया था, उस पर ग़ुस्सा आता। इतनी अच्छी तबीयत का आदमी ! जाने उसकी बीवी क्यों चली गई ··· ? सलूजा, नारायण के तोहफ़ों से बहुत ख़ुश होती थी। किचन में बास्केट रखकर वह कभी मिठाई चखती, कभी अचार ! सलूजा किचन में चली जाती, तो नारायण मेरे बाल पकड़ के बड़ी मुहब्बत से चेहरा ऊपर उठाता था, ''चारी भैया ! अभी तुम बहुत भोले-भाले हो। हमसे तजुर्बा हासिल करो।''

फिर नारायण पिक्चर की तजवीज़[1] रखता। पिक्चर के बाद हम दोनों को किसी अच्छे-से होटल में ले जाता, जहाँ हम दोनों को सलूजा की पसंद के दही-बड़े और पकौड़ियाँ खानी पड़तीं। मेरी बोरियत को भाँपकर नारायण मुस्कुराने लगता, ''तुम्हें मिर्च बहुत लग रही है न यार ! हमें भी बहुत मिर्चें खानी पड़ती थीं। अलसर हो गया था मेरे पेट में।''

रात को नारायण चला गया, तो मैं दूरबीन को उलट-पुलटकर देखने लगा। दूरबीन से देखो, तो रेस खेलनेवाले को अपनी जीत बिलकुल क़रीब लगती होगी और हार जैसे सीने पर चढ़ी चली आती हो। घबराके मैंने दूरबीन रख दी, मगर जाने क्यों बाज़-वक़्त दिमाग़ वही सोचे जाता था, जिसे सोचने को दिल न चाहे। मैं भी बस नारायण के बारे में सोचता, तो मेरा दिल आपी-आप अंदेशों से भर जाता था। जब नारायण हमारे घर में होता था, तो मुझे सलूजा बहुत ख़ूबसूरत नज़र आती थी। उसकी बातों में, हँसी में, चाल में एक नयापन आ जाता था और फिर नारायण

---

1. प्रस्ताव।

सलूजा को कैसे नए अंदाज़ से पुकारता था ··· जैसे सीटी बजा रहा हो ···

"सालू ··· जा जा जा ··· आ आ आ ··· "

एक दिन मैंने सलूजा को यूँ ही पुकारा ··· सालू ··· जा जा जा ··· आ आ आ ··· और सलूजा ने ग़ुस्से भरे अंदाज़ में बिगड़ के कहा, "आप मुझे ऐसे क्यों पुकारते हैं ?"

अच्छा ! तो सलूजा को यह अंदाज़ पसंद नहीं है। मैं मुत्मइन[1] हो गया।

कभी कालेज में बैठे-बैठे मेरा दिल अंदेशों से भर जाता और मुझे यूँ लगता जैसे मैं बेवक़्त कभी घर पहुँच जाऊँ, तो वहाँ मुझे नारायण बैठा हुआ मिलेगा, मगर वह तो सिर्फ़ इतवार के दिन आता था–मेरी छुट्टी ख़राब करने। सलूजा भी हर इतवार को उसके आ धमकने पर बहुत ख़फ़ा होती थी। इसके बावजूद इतवार के दिन सुबह सवेरे सलूजा का सिंगार करना, फूलों की वेणी ख़रीदना और सारे घर को अपने चेहरे की तरह चमकाना और स्कूटर की आवाज़ पर दरवाज़े की तरफ़ दौड़ना !

एक इतवार को ··· वह दरवाज़े के सामने गोबर का छिड़काव करके रंगोली बना रही थी। मैं नहाकर बाथरूम से निकला और उसकी गीली रंगोली पर पाँव रखता हुआ चला गया।

"अइयू स्वामी !" सलूजा सिर पकड़कर बैठ गई, ···"इस रास्ते से सबसे पहले भगवान अंदर जाते हैं।"

"कौन-से भगवान ?" जाने क्यों मुझे बेहद ग़ुस्सा आ गया।

"क्या ··· ?" सलूजा सिर उठाकर ख़ौफ़ज़दा नज़रों से मुझे देखने लगी और फिर मेरी ग़ुस्सा भरी नज़रों की ताव न लाकर उसने सिर झुका लिया। धीरे से रंगोली के रंगों को गहरा करते हुए बोली, "क्या तुम्हारे में दो-दो भगवान बसते हैं ?"

---

1. आश्वस्त।

"हाँ, आजकल हर मन में कई-कई भगवन बसे होते हैं," अंदर आकर कपड़े बदलते हुए मुझे शर्मिंदगी ने घेर लिया। सलूजा को मेरी ज़बान से दुःख पहुँचे, यह मुझसे बर्दाश्त नहीं होता था। मैंने दूरबीन उठाई और धूप में बैठी हुई सलूजा से कहा, "अच्छा, तो आओ सलूजा ··· यहाँ खड़ी हो जाओ। हम देखते हैं, तुम्हारे मन में क्या है ?"

मगर सलूजा टस-से-मस नहीं हुई। उसी तरह से ज़मीन पर नए फूल खिलाती रही।

अब जो दूर जाकर मैंने सलूजा को देखा, तो तेज़ धूप ने मेरी आँखों में मिर्चें-सी भर दीं, "सलूजा, अब आओ, तुम मुझे देखो !" मैंने आँखें मलते हुए कहा।

"मैं तुम्हें क्या देखूँ ! मेरे पास तो खड़े हो। पास की चीज़ दूरबीन से मत देखो। वह बिलकुल धुँधली नज़र आती है।"

धुँधली ही नहीं ··· ख़ौफ़नाक भी ··· मैंने दिल में सोचा।

अभी सलूजा की आँखें कितनी बड़ी हो गई थीं। एक गहरे कुएँ जितनी ··· अगर सलूजा की आँखें सचमुच इतनी बड़ी हो जाएँ, तो वह मेरी तरफ़ कितने गौर से देख सकती है और घबराके मैंने दूरबीन आँखों से लगा ली।

"मुझे दूरबीन से बार-बार मत देखो," सलूजा ने घबराकर चेहरा हाथों में छिपा लिया।

"मैं जैसी हूँ, ठीक हूँ। बड़ा-छोटा करने से तो गड़बड़ हो जाती है।"

अगले इतवार को नारायण आया, तो मैंने कहा, "तुम्हारी दूरबीन तो बहुत दिलचस्प है। आदमी को कभी बड़ा और कभी छोटा करके देख सकते हैं।"

"उसके लिए दूरबीन की ज़रूरत नहीं है," उसने सिगरेट सुलगाकर कहा।

"मैंने यह फ़न तजुर्बे से सीखा है।" वह बातें मुझसे कर रहा था, मगर उसकी नज़रें किचन में काम करती हुई सलूजा पर लगी हुई थीं।

हम जाने किन-किन मसाइल पर बहस कर रहे थे। फ़लसफ़ा-ए-वजूदियत[1] पर, इंदिरा गाँधी की पॉलीसी पर, ब्लड-कैंसर, ज़ुकाम से बचने की दवाएँ और रेस के घोड़ों का शजरा-ए-नसब[2] !

वह मुझे बार-बार सिगरेट ऑफर कर रहा था और हर बार सिगरेट लेते वक़्त मेरे झिझकने पर वह मुझे गौर से देखने लगा।

''क्यों झिझक रहे हो आज सिगरेट पीने से ? क्या इसमें ज़हर है ?''

मैंने कहना चाहा ··· 'मैं जानता हूँ नारायण भाई कि इस सिगरेट में ज़हर नहीं है, मगर इसके सिवा और कहाँ-कहाँ ज़हर घुल गया है, क्या देख लूँ !'

मगर मैंने कुछ न कहा। सिगरेट के लंबे-लंबे कश लेकर अपनी रग-रग में ज़हर घोलता रहा। आज मुझे ऐसा लग रहा था, जैसे नारायण किसी अंदरूनी बेचैनी से घबराया जा रहा था। उसके वजूद के गिर्द उसकी ज़हानत[3] और बरतरी[4] का जो हिसार[5]-सा बना रहता था, आज वह टूटता नज़र आ रहा था। आख़िर अपने-आपको रोकने के बावजूद वह किचन में पहुँच ही गया।

''अरी सालू, तेरे हाथ का खाना खाने के लिए एक हफ़्ता भूखा रहता हूँ मैं ··· और कितनी देर लगाएगी तू ··· ?''

तब मैंने सोचा, अब मुझे भी देर नहीं करनी चाहिए।

आज चार बरस बाद नारायणा मुझे इत्तिफ़ाक़ से बाज़ार में मिला। हस्बे-आदत[6] दूरबीन गले में लटकाए स्कूटर के पीछे बास्केट में केक, संतरे और मिठाइयों के पैकेट्स रखे। मुझे देखकर वह बड़े खलूस[7] से आगे बढ़ा, ''हैलो वेंकटाचारी ··· कैसे हो ? ··· बहुत दुबले हो गए हो ··· हमें भूल गए क्या ··· ! मैं तो अपनी बिज़नेस के सिलसिले में चार बरस तक यूरोप में रहा ··· और सुनाओ, तुम्हारी मिसेज़ कैसी हैं ? क्या नाम है उसका ··· व ··· संता ··· कांता ··· ?''

---

1. अस्तित्व का दर्शन; 2. वंशावली; 3. बुद्धिमानी; 4. उच्चतर; 5. घेरा; 6. स्वभावानुसार; 7. सहृदयता।

"सलूजा था ··· " मैंने आहिस्ता से कहा, "मगर अब वह मेरी मिसेज़ नहीं है।"

"अरे ··· क्यों ··· !" वह उछल पड़ा ··· अचानक जैसे किसी दिली सदमे[1] से उसकी आवाज़ बैठ गई और उसने बड़े धीमे लहजे में पूछा, "यह कब हुआ ··· ?"

अब मैंने बड़ी नफ़रत से उसे देखा और उसके पाँव की तरफ़ थूककर कहा, "उन ही दिनों जब तुम उस पर आशिक़ हुए थे।"

"मैं ··· ?" उसने स्कूटर के पैडल पर पाँव रखकर बड़े ताज्जुब से कहा, "नहीं वेंकटाचारी ··· मैं तो अब किसी औरत पर आशिक़ नहीं हो सकता। मैं तो सिर्फ़ उन रूहों के अंदर झाँकता हूँ, जो झूठ की नक़ाब ओढ़े रहती हैं। मैंने तो तुमसे कह दिया था कि मैं तुम्हें एक तमाशा दिखा रहा हूँ," नारायण ने स्कूटर स्टार्ट किया और आगे बढ़ गया।

---

1. हार्दिक आघात

भैरवी के सुर

मैं सिर झुकाए, सितार थामे बैठी हूँ और बाबा मेरे पास बैठे बड़े गौर से भैरवी के सुर पहचान रहे हैं ··· सा ··· खरज ··· रे ··· रखब ··· गा ··· गंधार ··· म ··· मध्यम ··· सात कोमल सुरों का रस-सागर मेरी उँगलियों से बह रहा था और बाबा आसमान की तरफ़ मुँह उठाए, सिगरेट के धुएँ में उजाले की कोई किरण ढूँढ रहे हैं।

"जागो मोहन प्यारे ··· " मैं गुनगुनाने लगती और बाबा चौंककर मेरे सिर पर धप रसीद करते ··· "बड़ी आई तानसेन की बेटी !"

वह फिर राग की मधुरता में खो जाते।

"यह कौन-सा राग है ?" वह धीरे से आँखें खोलकर पूछते।

राग कोई भी हो, मगर बाबा को बालाखार[1] राग में कभी-न-कभी पनाह मिल जाती है। इसीलिए तो बाबा रात को जब अख़बार के ऑफ़िस से आग और ख़ून में डूबी हुई ख़बरों को समेटे थकन से चूर घर आते हैं, तो सितार की आवाज़ पर उनके क़दम मेरे कमरे की तरफ़ उठ जाते हैं। वह आँखें बंद करके जैसे किसी और दुनिया में पहुँच जाते हैं, जहाँ भैरवी के तमाम सुर बाबा को एक अनजाने रस-सागर में डुबो देते। रात धीरे-धीरे सरकने लगती। दूर कहीं भैरवी की तानें उजाला-सा बिखेरने लगतीं। ···जागो मोहन प्यारे ··· तो आ गए आप ! कुछ घर का भी होश

---

1. अंततः।

है ··· गैस ख़त्म हो गई ··· अभी तक खाना नहीं बना है आज ! मम्मी की चिंघाड़ पर हम दोनों उछल पड़ते। बाबा घबराकर खड़े होते और फिर बेबस-से बैठ जाते, जैसे गैस ख़त्म हो जाने पर वह कुछ भी न कर सकते हों। मम्मी की ग़ुस्से से भरी हुई सूरत से बचने के लिए वह गर्दन झुका देते।

सारी दुनिया में फैले हुए अनगिनत दुःख-दर्द, बाबा का लरज़ता-काँपता बीमार दिल ! वह कहाँ तक दूर रहते। उनका दिल दो बार चलते-चलते रुक गया। डाक्टरों ने बहुत-से इंजक्शन लगाए। दवाएँ खिलाईं। फिर मैंने जाकर पुकारा ···

''बाबा, आँख खोलिए ! पटना में एक ट्रेन उलट गई है। सौ आदमी मर गए !''

''अरे कब ?'' बाबा सचमुच उठकर बैठ गए।

बाबा का दिल सारी दुनिया के हादसों और दुःखों का गोदाम था, क्योंकि वह अदीब थे। वह एक अख़बार के एडीटर भी थे। बाबा के लिए सारी दुनिया के फ़ासले सिमट गए थे। टेलीप्रिंटर, टेलीग्राम और ट्रांज़िस्टर ! बाबा को दुनिया की हर हौलनाक[1] ख़बर पल-भर में पहुँचा देते थे। फिर उनका बल्ड-प्रेशर कुछ और ऊपर पहुँच जाता। वह एक हाथ से दिल को थामे दूसरे हाथ से लिखते रहते।

बाबा को देखकर मैं सोचती, वह दिन कितने अच्छे होंगे, जब किसी अज़ीज़ के मरने की ख़बर भी बरसों बाद पहुँचती थी। लोग कितने मज़े से जीते होंगे। दुनिया में कुछ होता रहे, उनकी बला से !

जब मैं छोटी-सी थी और बाबा आसमान जितने, तो मैं उनकी टाँगों से लिपटकर पूछती, ''बाबा ! आप मेरे जितने कब होंगे ?''

बाबा को ज़ोर की हँसी आ जाती, हालाँकि वह मेरे कई सवालों पर कहते थे ··· ''तू जब मेरे जितनी हो जाएगी, तो बताऊँगा !''

लेकिन जब मैं बाबा जितनी हुई, तो उनसे कुछ न पूछा। उलटा उनसे

---

1. भयानक।

बहुत कुछ छिपाना पड़ा। ख़ुद बाबा की बीमारी का राज़ जो मेरे और शशि के सीने पर अंगारे की तरह दहक रहा था, लेकिन मम्मी कहती थीं—यह सब ढोंग है। उनका दिल तो हमेशा से भी ज़्यादा मज़बूत है। जभी तो मम्मी के हर तन्ज़[1] को चुपके से सह जाते हैं। मम्मी की चीख़-पुकार पर वह सिर्फ़ उस वक़्त नज़र उठाते थे, जब वह पढ़ न सकें और किताब रखकर ट्रांज़िस्टर खोल लेते ··· क्या ख़बर आई ··· अख़बार क्यों नहीं आया है ?

यह दोनों फ़िक्रें उनको सख़्त बेचैन रखती थीं। अख़बार की दहशतनाक ख़बरों को पढ़कर वह ऊपर देखते ··· उफ़्फ़ोह ··· कितनी तबाही ··· और फिर वह उस तबाही, नाइंसाफ़ी के ख़िलाफ़ क़लम उठा लेते ··· किसी सेमिनार की तैयारी करते, किसी जलसे में पहुँच जाते। मम्मी उनके कामों से बहुत उलझती थीं। वह कहती थीं, बाबा लापरवाह और कठोर हैं। किसी के दुःख में शामिल नहीं हो सकते। अज़ीज़ों, रिश्तेदारों में शादी-ग़मी होती, घर में मेहमान आते, तो हर बार उनका नए सिरे से तआरुफ़[2] करवाना पड़ता बाबा से। मम्मी शर्मिंदा होकर ड्राइंग-रूम से उठ जातीं।

''हे भगवान ! ··· मेरे नसीब में कैसा बेहिस[3] आदमी लिखा है !''

सुबह नाश्ते के वक़्त जब बाबा अख़बार सामने रखे अंडे की बजाय अचार की फाँक उठा लेते, तो मम्मी फ़िक्रमंद होकर उन्हें सुनातीं कि पड़ोसिन ने टेबल-फ़ैन तोड़कर वापस किया है।

''ऊँह ··· पराये हाथों में जाकर तो चीज़ें टूट जाती हैं ··· '' बाबा लापरवाही से कहते। वह ऐनक सरकाकर मम्मी के ग़ुस्से से तमतमाए हुए चेहरे को बहुत कम देखते थे, अलबत्ता मम्मी जिस दिन किसी चमकीले रंग की साड़ी पहनकर फूलों का गजरा लगाती थीं, तो बाबा उनके बालों को सूँघकर पल्लू थाम लेते, ''यह कौन-सा रंग है ?''

''कोई भी होगा ··· तुम्हें क्या ?'' मम्मी उनके हाथ से पल्लू खींच लेतीं।

---

1. व्यंग्य; 2. परिचय; 3. संज्ञाहीन।

बाबा उन्हें बड़े दुःख से देखते। उनके होंठ कँपकँपाकर रह जाते और मम्मी बाबा से कुछ और दूर हट जातीं।

बच्चे सब अपने-अपने कामों में मसरूफ़ रहते थे। अब अकेले बाबा थे और सारी दुनिया के दुःखों का बोझ। उनका बदन सूखता जा रहा था। ज़रा-सी बात पर दिल पंखे की तरह डोलने लगता।

मुन्नी अभी बहुत छोटी है न, इसलिए वह बाबा से बहुत बातें करती थी।

''बाबा ··· आज हमारे स्कूल में फैंसी ड्रेस-शो है। आप भी मम्मी के साथ आइए न? मैं मेहतरानी बनूँगी !''

''तुझे मेहतरानी बना देखने को तो मेरा भी बहुत जी चाह-रहा है, गर कैसे आऊँ बेटा ··· इलेक्शन की वजह से ऑफ़िस में काम बहुत है न ··· !'' वह बड़े दुःख से कहते।

ऊँह ··· काम ··· काम ··· काम ··· बाबा के ज़िम्मे लोगों ने कितने काम लगा दिये थे ···

बाबा, अभी आप भी इसी प्लेन में थे न, जो फ़लस्तीनियों ने अग़वा[1] कर लिया था?

एक दिन मैंने बाबा की उदास सूरत देखकर पूछा ··· ''आज बाग़ी उस प्लेन को सारे मिडिल ईस्ट में उड़ाते फिर रहे थे और ऐलान कर दिया था कि उनके दुश्मनों ने उनकी शर्तें न मानीं, तो ठीक ग्यारह बजे वे प्लेन को तबाह कर देंगे।''

पच्चीस औरतें ··· ग्यारह बच्चे ··· बाबा के हाथ में सिगरेट काँप रहा था। उनका सूखा कमज़ोर बदन लरज़ रहा है। अब ग्यारह बजने में सात मिनट हैं।

''हैलो ··· हैलो, कोई न्यूज़ आई?''

बाबा की नज़रें घड़ी पर हैं और पल-पल उनका ब्लड-प्रेशर बढ़ता जा रहा है।

---

1. अपहरण।

मैं घबराके सितार के तारों पर उँगलियाँ मारती—जागो मोहन प्यारे ···

बाबा सचमुच जाग पड़ते। आँखें मूँदकर भैरवी की मधुरता में खो जाते। "यह कौन-सा राग है?"

यह राग है बाबा, जो आपको सारी दुनिया में मची हुई हाहाकार से बचाकर मेरी तरफ़ ले आता है। राग चाहे कोई भी हो, बाबा को अपनी पनाह में ले लेता है। वह अपने तमाम दुःखों की कड़वाहट सितार के तारों में घोल देते हैं, मगर कब तक ··· क्योंकि वह अंदर-ही-अंदर बुझ रहे थे। उनकी बीमारी हमने बाबा से भी छिपाए रखी थी। जब उनके बहुत-से मेडिकल चैक-अप होते, तो हम लोग बहुत घबराते कि बाबा अपनी बीमारी जान न जाएँ, मगर उन्हें शायद इस बात की भी फ़ुरसत न थी। जैसे-जैसे उनका बदन घुल रहा था, वह और तेज़ी से कहते, "आज सितार नहीं बजाओगी?"

मैं सितार बजाती। बाबा सिगरेट थामे फ़र्श पर आ बैठते।

"भगवान के लिए ··· " मम्मी सिगरेट हाथ से छीनकर फेंक देतीं।

"सिगरेट न पीनेवाले भी मरते हैं ··· " वह लापरवाही से कहते और आँखें बंद करके दूसरों की ख़ोज में निकल जाते। फिर वह आँखें खोलकर कहते थे, "बेटा, सितार बजाना मत छोड़ना, क्योंकि दुनिया में तमाम दिशाएँ रास्ता हैं, मंज़िल नहीं ··· मंज़िल तो सिर्फ़ भैरवी के सुरों में छिपी हुई है।"

बाबा को हर वक़्त किताबों में घिरा देखकर मैं उनके पास आ बैठती, "लफ़्ज़ों के इस ब्यौपार में तो सिर्फ़ घाटा-ही-घाटा होता है न ··· फिर किताबें लिखने से आपको क्या फ़ायद ··· ?"

बाबा मुझे गौर से देखते और फिर अपने सिगरेटवाले हाथ को ठुड्डी पर टिकाए कहते, "बेटा, तुम कहती हो न कि मैं दुनिया की हर ख़बर पर क्यों दुःखी होता हूँ, तो बस मैं इसीलिए लिखता हूँ। अपने लिखे हुए हर लफ़्ज़ को एक तवील[1] सफ़र पर रवाना करता हूँ, जैसे तुम्हारी भैरवी के सुर काली अँधेरी रात में से एक और सुबह ढूँढ लाते हैं। मेरे अल्फ़ाज़

---

1. लंबी।

भी सारी दुनिया में भटके हुए हैं शांति की तलाश में ...''

बाबा की बातें मेरी समझ में न आतीं। उनका जो नुक़्ता-ए-नज़र[1] है, उनकी जो आइडियोलॉजी थी, उसकी मुख़ालफ़त करनेवाले बहुत थे। वह बाबा की तौहीन करते, उनके नज़रियों की धज्जियाँ बिखेरते, सच बोलने पर बाबा के अख़बार को बंद कर दिया जाता।

जभी तो मम्मी जलकर कहतीं, ''उन्होंने ज़िंदगी-भर सिवाय बिगाड़ने के कुछ नहीं किया !''

मगर बाबा कहते थे कि हम जिस दुनिया में जी रहे हैं, वहाँ हर चीज़ में नुकसान उठाना पड़ेगा। यहाँ सिर्फ़ वह फ़ायदे में है, जिसके पास झूठ है, दूसरे का हक़ दबाने का इख़्तियार है।

बाबा दुनिया के हर हादसे पर, हर मौत पर एक गोली खाते थे और मुझसे कहते थे कि बेटा, सितार बजाना मत छोड़ना, क्योंकि इस काइनात[2] का सारा हुस्न हमारे अंदर ज़िंदा है। हमारी ज़ात से पैदा होता है, इसीलिए बाबा हर राग को पहचानने की कोशिश करते थे।

''यह कौन-सा राग है?''

''आप ख़ुद ही पहचानिए।'' मैं सितार पर उँगलियों से राग की सूरत कुछ और उजागर कर देती।

''यह तो कोई बिन-बुलाया मेहमान है। ज़बरदस्ती रूह की गहराइयों पै छाए चला जाता है,'' वह सिगरेट सुलगाकर आँखें बंद कर लेते थे।

एक रात बाबा घबराए हुए मेरे कमरे में आए।

''क्या सो गई बेटा ... ? आज सितार नहीं बजाओगी ... ?''

''क्यों बाबा ... आपकी तबीयत तो ठीक है?'' मैं घबराकर उठ बैठी।

''मेरी तबीयत तो ठीक है, मगर तुमने कुछ सुना ! कृश्नचंदर को फिर हार्ट अटैक हुआ है !''

अच्छा तो इसका मतलब यह है कि अब बाबा भी अपना दिल थामकर बैठनेवाले हैं। अब डाक्टर आके उन्हें ज़बरदस्ती बिस्तर पर लिटा जाएगा,

---

1. दृष्टिकोण; 2. विश्व।

मगर इससे क्या फ़र्क़ पड़ता है। बाबा बिस्तर पर लेटकर भी अख़बार पढ़ते रहेंगे। ट्रांज़िस्टर उनके सीने पर रखा होगा और वह फ़ोन हाथ में थामे लोगों से खब़रें सुनते रहेंगे।

एक शाम बाबा क़त्लो-ग़ारतगरी[1] की ख़बरों में नहाए, सुर्ख़ चेहरा और थका बदन लिए आए।

''क्या मम्मी का बुख़ार उतर गया,'' उन्होंने मम्मी के सिरहाने बैठकर बड़े प्यार से उसकी पेशानी पर हाथ रखा और किसी अंदरूनी तड़प से बेक़रार होकर बोले, ''तुमने कुछ सुना बेटा ! आज शाह फ़ैसल को किसी ने क़त्ल कर दिया। उफ़्फ़ोह इतनी बर्बरियत ... ''

''छोड़ो मुन्नी का हाथ ... कठोर ... ज़ालिम ... '' मम्मी ने बाबा का हाथ नफ़रत से झटक दिया, ''तुमने तो सारी दुनिया के दुःखों पर रोने का ठेका ले लिया है न ! भाड़ में जाएँ तुम्हारे बीवी-बच्चे !'' मम्मी की चीख़ पर बाबा उछल पड़े। पहले पीछे की तरफ़ पलटे और फिर यूँ झुक गए, जैसे शर्म के मारे सिर न उठाना चाहें।

''बाबा ... बाबा ... '' मैंने चिल्लाकर कहा, ''ज़रा सुनिए तो ... कृश्नचंदर को फिर हार्ट अटैक हुआ है। बंबई में एक ट्रेन उलट गई। अरब मुज़ाहिदीन ने एक प्लेन अग़वा कर लिया। पहचानिए यह कौन-सा राग है ?'' मगर बाबा अपना झुका हुआ सिर नहीं उठाते। वह सारे संसार में फैले हुए दुःखों को चुनने चले गए हैं। उस मंज़िल पर पहुँच गए हैं, जो भैरवी के सुरों में मिलती है।

---

1. गुंडागरदी।

मैं और मेरा ख़ुदा

''तुम मुझे नहीं देख सकोगे।''

ख़ुदा ने मूसा से कहा था, तो पूरी काइनात[1] लरज़ उठी थी।

उसकी तजल्ली [2] के साए से कोहे-तूर [3] स्याह पड़ गया था। दूर तक आसमानों के सिलसिले दहल उठे, ''मूसा ... मूसा ... कहाँ है?''

कोई मुझे दूर से पुकार रहा है। शायद यह ख़ुदा की आवाज़ है। हाँ, उसके यहाँ देर है, अंधेर नहीं है ... आज उसने मुझे याद किया है, क्योंकि मेरी और ख़ुदा की दोस्ती बहुत पुरानी है। वह मेरी रगों में ख़ून की तरह दौड़ रहा है। वह मेरे चारों तरफ़ ख़ुशबू की तरह फैला हुआ है। मैं महसूस कर सकता हूँ ... वह मूसा को पुकार रहा है। लो, मेरी नजात[4] का दिन आ गया ... आज मुझे निर्वाण मिलेगा।

आज जब सात दिन के बाद मेरे हाथ में एक रोटी आ गई है, तो मैं हर सज़ा सहने को तैयार हूँ, क्योंकि आज मैंने चोरी की है। एक भूखे बच्चे से रोटी छीनकर भागा हूँ। शाद ख़ौफ़ से काँप रहा हूँ या मेरे ज़ख़्मों से बहनेवाला लहू मुझे दहलाए दे रहा है, मगर रोटी पाने के बाद ... मैं हर वार सह गया। मैं तो अपनी उँगलियों में उलझी हुई अपनी आँतें भी देखना भूल गया। जब इनसान के हाथ में रोटी आ जाए, तो उसके

---

1. विश्व; 2. ज्योति; 3. वह पहाड़ जिस पर हज़रत मूसा ने ईश्वर का प्रकाश देखा था; 4. मुक्ति।

फ़्राउन बन जाने का अंदेशा है ... मैंने अपनी आँखों से देखा है रोटीवालों को फ़्राउन बनते ... मूसा ... मूसा ... क्या तुम मुझे देखने की ताब[1] ला सकोगे ?

नहीं ... नहीं ... आज मुझे मत पुकारो ... आज मैं ख़ुदा की आवाज़ से, उसके साए से दूर भागना चाहता हूँ, उस रोटी को खाने के लिए ... मगर रोटी खाने से क्या मेरा पेट भर जाएगा। मेरा पेट तो मेरी आँतों से ख़ाली हो चुका है। उन्होंने मेरे ऊपर हर तरफ़ से वार किए। मैं चाहता था, वह मेरे हाथ काट दें, लेकिन मेरा पेट न काटें, क्योंकि वह ख़ाली है और यह मेरी शदीद ख़्वाहिश थी कि मेरे पेट में एक रोटी हो, मगर वे न माने। उन्होंने मेरे पेट पर वार किया और मेरी आँतें मेरे सामने आ गिरीं। मैंने उस रोटी से अपनी उलझी हुई आँतों को थामा और भागने लगा। उस वक़्त ख़ुदा जाने कहाँ था। वह हज़ार आँखोंवाला, जो मेरे वजूद का एक हिस्सा था। मैंने हमेशा उसे अपने दिल के क़रीब महसूस किया है। वह ख़ुदा, जो डूबते हुओं की नाव तैराता है, जो समन्दर की तह में मछली को गज़ा[2] पहुँचाता है, जाने कैसे मुझ जैसे छह फुट के इनसान को भूल गया ! ज़रूर उसमें फ़रिश्तों की ग़लती होगी। ज़रूर मेरे नसीबों के अह्काम[3] वाले काग़ज़ चूहे ले गए होंगे, इसीलिए तो मैं जब भी प्यासी नज़रों से आसमान को देखता हूँ, तो वह मुझसे कहता है कि तुम मुझे नहीं देख सकोगे !

मैं देखूँगा ... मैं देख सकता हूँ ... मैं उसकी तलाश में भागता गया। ख़्वाहिशों, आरज़ुओं और उम्मीदों को झटककर भागता गया। भूख से तिलमिलाकर जब भी किसी के आगे हाथ फैलाए, तो लोगों ने मुझे नफ़रत से देखा।

ऊँह, इस मख़्लूक[4] से कहीं नजात नहीं मिलती।

लोग तुमसे पनाह माँगें, तो उनसे दूर भागो। महात्मा बुद्ध ने कहा था कि अपने बदन की ख़्वाहिशों को त्याग दो। फिर तुम ख़ुदा के क़रीब हो जाओगे, लेकिन ख़्वाहिशें नाईलोन की नाइटी तो नहीं होतीं, कि आसानी

---

1. सामर्थ्य; 2. ख़ुराक; 3. आदेश; 4. दुनिया।

से उतार फेंकें ··· मगर मैंने अपनी खाल की तरह अपनी तमाम ख़्वाहिशों को खींच डाला।

नंगा ··· नंगा ··· लोग मुझे सड़कों पर देखकर हँसने लगे।

बेहया ··· बेशर्म ··· वे मेरे ऊपर पत्थर फेंकते हैं। मुझे इस बात पर बड़ा ताज्जुब होता है कि मेरे पास तो कुछ भी नहीं है। मेरा दिल देखो, मेरे हाथ देखो, मेरा ख़ाली पेट देखो ··· फिर मैं उन्हें सिर्फ़ बेशर्म ही क्यों नज़र आता हूँ।

अब मेरे सामने से लोगों का हुजूम वहम की तरह धुँधलाने लगा है, क्योंकि मैं अपनी आँखों से रोटी को दबाए उस जगह आ गया हूँ। पहाड़ों, दरियाओं और ऊँची बिल्डिंगों को पीछे छोड़ आया हूँ। दुनिया की घूमती हुई नारंगी मुझे एक पतंग की तरह नज़र आ रही है। अँधेरा ··· ख़ौफ़ और इंतिक़ाम ··· सब बहुत पीछे रह गए हैं। इसके बावजूद उस रोटी को चबाने और निगलने की ख़्वाहिश मेरे सारे बदन में सुलग रही है। जाने क्यों ख़ुदा ने मेरे वजूद को एक ऐसे तश्ना[1] बदन में उतारा था, जो सारी ज़िंदगी भूख की आँच में सुलगता रहा और रोटी मिली भी तो कब ? जब मेरी आँतें मेरी उँगलियों में उलझ रही हैं ··· आज इस स्याह रात ने मुझे निहत्था देखकर मेरे ऊपर वार कर दिया है। जब तक मैं बचता रहा, वह मेरे ऊपर वार करते रहे और जब मैं ज़मीन पर गिर गया, तो मुरदा समझकर भागने लगे, क्योंकि ख़ुदा का सहारा मुझे कभी झुकने नहीं देता, लेकिन मैं अपनी आँतों को समेटकर फिर खड़ा हो गया। काइनात के इस अँधेरे कोने में छुप गया हूँ। मेरे दुश्मन सारे अर्ज़ व समा[2] में मुझे ढूँढते फिर रहे हैं। आज काइनात तह व बाला[3] हो रही है। लगता है, आसमानों पर ज़रूर कोई ऐसी बात होगी, जो पहले कभी नहीं हुई।

मेरी ज़बान कुत्ते की तरह मेरी ठोड़ी तक लटक आई है। मेरे आगे प्यास का कर्बला फैला हुआ है। उसूलों की ख़ातिर, सच्चाई की ख़ातिर प्यासे रहने की कहानी मुझे इस वक़्त याद आ रही है। मेरा बदन उन

---

1. अतृप्त; 2. पृथ्वी और आकाश; 3. तबाह व बरबाद।

ज़ख्मों से चूर है, जो कर्बला के मैदान में शहीदों को लगे थे। मेरे दिल में वह शमा [1] जल उठी है, जो सलीब पर चढ़ने के बाद ईसा के दिल में जली थी और मेरे आगे तनहाई का बनबास फैला हुआ है। यह कौन-सी जगह है? मैं पहचानने की कोशिश करता हूँ। यहाँ हवाओं में ख़ुनुकी [2] है, न रौशनी की रफ़ाक़त[3]। राम के बनबास की पहली रात जैसा अँधेरा। कर्बला की शहादत की रात जैसी उदासी फैली हुई है। आज एक अज़ीम [4] इनसान शहीद होनेवाला है। सात आसमानों पर उसकी आमद का शोर है। हज़ार आँखोंवाला कहर और रहम के जलवे दिखानेवाला ख़ुदा आज सारी काइनात की निगरानी कर रहा है।

मैंने कई बार सोचा कि मैं मूसा हूँ, तो एक बार फिर ख़ुदा के जलवे की ख़्वाहिश करूँ। क्या ज़रूरी है कि सबको एक-सा ही जवाब मिले। इसलिए मैंने उसे बार-बार पुकारा, ''ए हज़ार परदों में छिपनेवाले बहर व बर[5] के मालिक, कभी मुझे भी अपने साए की रोशनी से सरफ़राज़[6] कर ··· मैं भी मूसा हूँ और हज़ारों बरस से तेरी दीद [7] की आस में खड़ा हूँ।''

''मूसा ··· मूसा ··· '' मुझे रातों को कोई ख़्वाबों की वादियों से पुकारता है।

''तुम मुझे देखने की ताब न ला सकोगे ··· ''

हाँ ··· आज तो मैं किसी बात की भी ताब नहीं ला सकता, क्योंकि मेरा बदन ज़ख़्मों से चूर है। रात मेरे तआक़ुब[8] में है। पुलिसवाले ख़तरे की सीटियाँ बजा रहे हैं। हवाएँ चिल्ला रही हैं और काले बादलों ने आसमान को ढाँप लिया है। इससे पहले ऐसा ग़ज़बनाक अँधेरा मैंने कभी नहीं देखा था ···

आज मेरे भागने के तमाम रास्ते बंद हो चुके हैं। मेरे पाँव लहूलुहान हो चुके हैं। मेरी आँखें, दोस्त और दुश्मन की पहचान भूल गई हैं और मेरा दिल ख़ाली हो चुका है। जीने की चाह से ··· मुहब्बत की तलब ··· से ··· नजात का एहसास मेरा क़द ऊँचा कर रहा है, जैसे मैं अजंता

---

1. दीपक; 2. ठंडक; 3. साथ. 4. महान; 5. समन्दर और ज़मीन; 6. विभोर; 7. दर्शन; 8. पीछा करना।

में रखा हुआ महात्मा बुद्ध का सबसे बड़ा मुजस्समा[1] बन गया हूँ, क्योंकि घर से चलते वक़्त मैंने भी राजकुमार सिद्धार्थ की तरह नफ़ीसा की चाहत और पप्पू के प्यार को तोड़कर नफ़ीसा के सिरहाने रख दिया था, लेकिन मैंने नफ़ीसा के नाम कोई चिट्ठी नहीं छोड़ी। मैं लिखना जो भूल गया था। नफ़ीसा की तरह अल्फ़ाज़ भी मुझे धोखा देने लगे थे। मुझे याद है, पहली बार जब मैंने नफ़ीसा का नाम अपने हाथ से लिखा था, तो मुझे बड़ा ताज्जुब हुआ था कि काग़ज़ पर सिर्फ़ प्यार लिखा हुआ था। नफ़ीसा का नाम कहाँ गया? और घर से चलते वक़्त मैंने नफ़ीसा को ख़त लिखना चाहा, तो काग़ज़ पर नफ़रत की स्याही फैल गई थी। शायद वह सोचती हो कि वह पागल मूसा कहाँ! वह पागल मूसा पैग़म्बरोंवाली रात के लिए कोई विरसा[2] नहीं छोड़ा। अपना ग़म भी नहीं। कहते हैं, हर इनसान के अंदर भी एक अदालत होती है, जहाँ से उसे अपने गुनाहों पर सज़ा मिलती है और इल्ज़ामों से बरी किया जाता है ··· मैंने भी पप्पू की मुहब्बत को क़त्ल करने के ज़ुर्म में उम्रक़ैद की सज़ा पाई है ··· और आज यौमे-नजात[3] आ गया। मेरे बदन का सारा ख़ून ज़मीन की तरफ़ रवाँ[4] है, लेकिन मैं नहीं गिरूँगा। मुझे अभी चुराई हुई रोटी खाना है। मैं इतना बुरा नहीं था। यह बुराई तो मुझे रोटी की जुस्तजू[5] ने सिखाई है। मुझे इतना ख़ुदग़र्ज़ बना दिया है ··· कमीना ··· चोर ··· ओ मेरे ख़ुदा ··· मेरे वजूद में समानेवाले! मुझे बता कि कौन बुरा है? मैं या सारी ख़ुदाई ··· आ ··· मेरे क़रीब आ ··· मैं तुझे नहीं देख सकता, लेकिन तू मेरी एक झलक देख ले आज ··· हाँ, आज अनहोनी होकर रहेगी! सारी काइनात तह व बाला हो रही है। आसमानों पर बड़ा एहतिमाम[6] शुरू हो गया है। फिर स्याह पहाड़ों के बीच से रौशनी का एक वाहिमा[7]-सा छलका और देखते-ही-देखते अँधेरे में छिप गया।

"मैं जानता था," मैंने ज़मीन की तरफ़ झुकते हुए आसमान को मुख़ातिब किया, "तुम भी मुझे देखने की ताब नहीं ला सकोगे!"

---

1. मूर्ति; 2. विरासत; 3. मुक्तिदिवस; 4. प्रवाहित; 5. खोज; 6. आयोजन; 7. भ्रांति।

अद्दू

आज अद्दू अचानक बहुत बड़ा और सबसे अहम बन गया था, जैसे पत्थर अपनों से कटकर ख़ुदा बन जाता है।

अद्दू को भी आज दुनिया की हर चीज़ हक़ीर[1] और क़ाबिले-तस्ख़ीर[2] नज़र आ रही थी, क्योंकि वह अपने-आपको साहब की तरह ऊँचा महसूस कर रहा था। आज उसकी जेब में एक रुपया था। सचमुच का एक रुपया। इसीलिए तो जेब की तरफ़ से वह एक तरफ़ को झुक गया था। आज उसे मालूम हुआ कि हवाई जहाज़ अपने-आप बग़ैर किसी डोर के सहारे आसमान पर कैसे उड़ता है। साहब की मोटर कैसे ज़न[3] से चल निकलती है और सर्कस में पहलवान कैसे हाथी को अपने सीने पर खड़ा कर लेता है।

"यह सब पैसे का कस-बल [4] है मियाँ ... !" उसका चचा मस्तान ठीक कहता था।

इसी वजह से आज अद्दू भी बाज़ार में यों चल रहा था, जैसे उसकी टाँगें दो-बाँस ऊपर हो गई हों और वह नीचे की ग़रीब मख़्लूक[5] को रौंदता हुआ गुज़र रहा हो।

फुटपाथ के हर खोंचा-फ़रोश से उसने पूछा, "गाजरें कितने में किलो दोगे ? सीताफल रुपए के कितने दोगे ? एक रुपएवाली आइसक्रीम है ?"

---

1. तुच्छ; 2. सम्मोहित करने योग्य; 3. विचार; 4. ताक़त; 5. विश्व।

इन सब चीज़ों के नाम पूछकर उसके दिल में ऐसी ठंडक हो गई, जैसे उसने एक रुपएवाली आइसक्रीम का पूरा गिलास खा लिया हो। अकसर जब वह बेगम साहिबा के साथ बाज़ार जाता, तो उसे सख़्त ताज्जुब होता था कि इतने संतरे, आइसक्रीम, चाट और मिठाइयाँ बिक रही हैं, मगर पर्स में रुपए रखने के बावजूद बेगम साहिबा का दिल क्यों नहीं चाहता कि यह सब चीज़ें खा लें। वह भी एक रुपए में दुनिया का हर ज़ाइक़ा चख सकता है। हर चीज़ ख़रीद सकता है। फिर बेसब्रापन क्यों करे? पहले वह भी तमाम नदीदे बच्चों की तरह सोचा करता था कि कहीं से एक रुपया मिल जाए, तो मिनट-भर में खा-पी डालेगा।

मगर दौलत इनसान को बुर्दबारी[1] भी सिखा देती है। उसने रुपया जेब में रखा था, तो बड़ा मुत्मइन-सा हो गया था।

रोज़ की तरह आज भी बेगम साहिबा ने लात मारकर उसे उठाया, तो अद्दू को क्या मालूम था कि आज का सूरज उसकी क़िस्मत बदलनेवाला है। यह सब झूठ न बोलने का नतीजा था। मौलवी साहब के कहने पर उसने कभी झूठ न बोलने की क़सम खाई थी। अपने दिल में वादा किया था कि कभी चोरी न करेगा। जब कभी उसका दिल किसी चीज़ के लिए ललचाता, तो वह धड़कते दिल से अलफ़, लाम, मीम का सपारा[2] उठाकर चूम लेता। बस फ़ौरन सुकून मिल जाता। मौलवी साहब कहते हैं कि जन्नत के दरवाज़े चोरी न करनेवालों के लिए खुले रहेंगे। वह जिन्होंने चोरी नहीं की, झूठ नहीं बोले ... अद्दू के पसीने और मैल में डूबे हुए कपड़ों से अचानक जन्नतुलफ़िदौस[3] के इत्र की ख़ुशबू बखा-बख आने लगती। यह दुनिया तो सराए-फ़ानी[4] है। जो भी तकलीफ़ें हैं, पल-भर में ख़त्म हो जाएँगी और फिर नेकदिल इनसानों के लिए फ़रिश्ते ज़न्नत के दरवाज़े खोल देंगे। जब सिदीक़ और शफ़ीक़ मौलवी साहब से क़ुरान शरीफ़ पढ़ते थे, तो अद्दू दूर बैठा मौलवी साहब की सारी बातें अपने दिल में उतार लेता था, हालाँकि सिदीक़ और शफ़ीक़ को मौलवी साहब की सारी बातें याद रहतीं, न सबक़!

---

1. गंभीरता; 2. मज़हबी किताब; 3. स्वर्ग में सबसे बड़ा बाग़; 4. नश्वर स्थान।

कितनी बार खोंचे में रखे हुए फलों ने उसे इशारा किया। मेज़ पर रखी हुई मिठाइयों ने उसे बुलाया। बेगम साहिबा के पानदान से अठन्नी, चवन्नी गिर गई, तो उसने झाड़ू देते वक़्त यूँ उठाई, जैसे जलता हुआ अंगारा छू लिया हो। भला एक चव्वनी की ख़ातिर दोज़ख़ का अज़ाब[1] कौन मोल लेगा।

रात को जब थकन के मारे नींद न आती थी, तो वह सोचता ··· ईद कब आएगी। ईद के दिन साहब एक अठन्नी ज़रूर दे देंगे। बेगम साहिबा चवन्नी से ज़्यादा नहीं देतीं। शायद छोटे मियाँ भी एक चवन्नी दे दें, तो एक रुपया हो जाएगा। आठ आने की आइसक्रीम, दस पैसे के चने, चार आने का शर्बत। अरे नहीं, इतना चटोरपन ठीक नहीं है। वह रुपए मैं आपा की मुन्नी को दे दूँगा। आपा बेचारी ससुराल में कितनी दुबली हो गई है। एक बार वह पाँच मील चलकर आपा के घर गया था, तो आपा उसे देखकर बिलकुल ख़ुश न हुई। एक कोने में जाकर बोली, "अद्‌दू, तू यहाँ मत आया कर। मेरी सास ताने देती है कि मामूँ क्या लाया है मुन्नी के लिए ?" बस तो अबकी ईद पर मुन्नी को एक रुपया दे आऊँगा। आपा ख़ुश हो जाएगी ··· मगर रुपए की भनक कान में पड़ते ही अम्माँ सिर पर खड़ी हो जाती है। बहुत रोने-धोने पर शायद दस पैसे दे दे।

बहुत दिन हो गए, साहब ने कहा था कि अद्‌दू को एक चवन्नी देंगे, क्योंकि वह रोज़ सुबह उनकी कार को आधा मील तक धक्का देता है। फिर कार के स्टार्ट होते ही वह ज़न से चले जाते और चवन्नी की बात दूसरे दिन पर टल जाती थी।

आज भी जब वह साहब की कार धकेलते हुए हाँफ रहा था, तो सोचा कि आज चवन्नी की बात क्या साब को याद दिलाऊँ। मगर साब को शायद ख़ुद ही याद आ गया। उन्होंने पर्स निकाला और एक चवन्नी ढूँढी, न मिली, तो पर्स बंद करके जेब में रखा और कार स्टार्ट कर दी। अपने मैले हाथों को दबाते हुए अद्‌दू हाँफने लगा। रोज़ कार धकेलने से उसके

---

1. यातना।

सीने में दर्द होने लगा था। गेट की तरफ़ मुड़ते ही उसकी नज़र ज़मीन पर गई और वह तेज़ी से उधर झपटा। उसकी मुट्ठी में एक रुपए का करारा नोट था। सचमुच का नोट। ख़ौफ़ और ख़ुशी के मारे वह काँपने लगा। रुपए का नोट इतना वज़नी था कि वह रुपए समेत एक क़दम भी न उठा सका। जिनके पास बहुत-से रुपए होते हैं, वह जाने कैसे अज़ाब में गिरफ़्तार होंगे। अद्दू ने बड़े दुःख से सोचा। अब साब की कार चौराहे से मुड़ चुकी थी और खुले हुए गेट के बाहर कोई नहीं था।

रुपया हाथ में आते ही अद्दू अंदेशों और ख़तरों में घिर गया। वह एक रुपए की दौलत समेटे अकेला था और दुनिया लुटेरों से भरी हुई थी। बोझिल पैरों को घसीटता हुआ वह आहिस्ता-आहिस्ता बाज़ार की सम्त[1] जाने लगा और फिर फ़ुटपाथ पर बैठकर ग़ौर से रुपए को देखने लगा। उसे दबा-दबाकर तह किया। एक काग़ज़ में लपेटा और एहतियात से जेब में रख लिया। अब उसमें एक दौलतमंद इनसान की-सी सूझ-बूझ आ चुकी थी। अब उसके मुँह में न जाने कितनी चीज़ों का ज़ाइक़ा घुल रहा था और ख़ौफ़ की धुंध चारों तरफ़ फैल रही थी।

चाऊस की दुकान पर एक लड़की नारियल ख़रीद रही थी। मुझे भी एक रुपया का नारियल देना, मगर गाहकों की भीड़ में चाऊस ने उसकी बात नहीं सुनी। अच्छा ही हुआ। अगर वह उस रुपए का नारियल खा लेता, तो क़यामत के रोज़ अल्लाह मियाँ उसके हाथों पर अँगारे रखेंगे। अँगारे की जलन से घबराकर उसने हाथ खींचा। रुपया नीचे गिर गया। जल्दी से उठाकर उसने फिर एक बार नोट को ग़ौर से देखा। रुपए पर तीन शेरों की तसवीरें बनी हुई थीं, जैसे वह शेर पहरा दे रहे हों कि उस रुपए को कोई बेईमानी से चुरा न ले।

पास से एक आदमी गुज़रा, तो उसने बड़े ग़ौर से अद्दू को देखा, जैसे पहचान लिया हो कि वह चोर है। कहीं पुलिस को इत्तिला न दे दे। हथकड़ी पहनकर थाने जाना पड़ेगा। वह ख़ौफ़ से लरज़ने लगा ...

---

1. दिशा।

अल्लाह मियाँ, मुझे बचा ले ··· मेरे मौला, बुला लो मदीने मुझे ··· मगर चोरी करके मदीने जाएगा ··· बेशर्म ··· लानत है तुझ पर ··· अद्दू के बच्चे, यह तो ··· यह तो घरवाली गली आ गई। अम्माँ पूछेगी, रुपया कहाँ से आया? झूठ बोलना पड़ेग ··· चोरी और झूठ ··· ! ख़ौफ़ के मारे वह लरज़ने लगा।

लो ··· ग्यारह बज गए ··· बेगम साहिबा चिल्ला रही होंगी कि आज अद्दू कहाँ मर गया? गोश्त, तरकारी कौन लाएगा? झाड़ू कौन देगा? कपड़े कौन धोएगा? बच्चों का टिफिन लेकर स्कूल कौन जाएगा? वह यूँ सरपट भागा, जैसे बेगम साहिबा की आवाज़ सुन ली हो। लेकर अच्छा-ख़ासा नाम बिगाड़ दिया। उसका नाम तो आदम अली ख़ाँ था, मगर इनसानों ने आदम के नाम की जिस तरह तज़्लील[1] की है, अद्दू भी उससे न बच सका। उसके नाम के भी सारे फूल-पत्ते झड़ गए और वह निरा ठुंड अद्दू रह गया। अब मैं यह रुपया आपा की मुन्नी को दे आऊँगा। आपा ख़ुश हो जाएगी। मुमकिन है, दाल-चावल भी खिला दे। अब तो भूख लग रही है। आधा दिन गुज़र गया। आज नाश्ता भी नहीं किया, मगर आपा की ससुराल पाँच मील दूर थी। पाँव दुख जाएँगे। फिर भी वह चलता रहा। मुन्नी को रुपया देने की ख़ुशी में। गर्म सड़क पर पाँव जल रहे थे। उस रुपए की चप्पल ख़रीद लूँ? पुरानी चप्पलें मोची एक रुपए में दे देता है, मगर फिर आइसक्रीम कैसे खाऊँगा?

एक ठेले में पक्के-पक्के मौज़[2] बिक रहे थे। बहुत दिनों से उसका जी चाह रहा था खाने को। जल्दी से उसने एक मौज़ ख़रीद लिया। फिर जब ठेलेवाले ने एक अठन्नी और एक चवन्नी वापस की, तो अद्दू का दिल धक से हो गया ··· लो, रुपया ख़त्म ··· सिर्फ़ एक अठन्नी और एक चवन्नी रह गई। "नहीं चाहिए मुझे मौज़।" अगर मौज़ खा लेता, तो अठन्नी अम्माँ लेती और क़यामत के दिन कोई अम्माँ अपने बच्चों को नहीं पहचानेगी। हर शख़्स के गुनाहों का बोझ उसकी गर्दन पर होगा। अम्माँ

---

1. अनादर; 2. केला।

भी अठन्नी के चावल लाकर पकाएगी और दोज़ख़ के साँप-बिच्छू मुझे काटेंगे।

अब आपा का घर सामने नज़र आ रहा था। वह अपनी झोंपड़ी के सामने बैठी मुन्नी के सिर में जुएँ देख रही थी।

मुन्नी को सामने देखकर वह ख़ुशी के मारे दौड़ने लगा।

मगर रुपया मुन्नी को देकर भी तो दोज़ख़ का अज़ाब बटोरना पड़ेगा।

वह ठहर गया। प्यास और भूख के मारे हल्क़ ख़ुश्क हो रहा था। ··· सामने होटल के ऊपर बहुत बड़े फैंटा की बोतल बनी थी, जिससे मीठे ठंडे शर्बत की धार टपक रही थी। कितना मज़ा आएगा यह शर्बत पीकर ··· अद्‌दू ने मुट्ठी में दबा हुआ रुपया ग़ौर से देखा, मगर वह रुपया आईना बन गया, जिसमें दोज़ख़ के शोले उसकी तरफ़ लपक रहे थे।

निढाल, थका हुआ, दोज़ख़ की आग में सुलगता हुआ भूखा-प्यासा अद्‌दू आहिस्ता-आहिस्ता लौटने लगा ··· आपा और मुन्नी से मिले बग़ैर ···

''अबे अद्‌दू? अद्‌दू के बच्चे ··· आज सुबह से कहाँ ग़ायब है तू! तेरी बेगम साब ख़फ़ा हो रही हैं,'' पड़ोस की मामा ने उसे देखकर पुकारा। घबराकर अद्‌दू रुपया जेब में डालने लगा, तो वह क़रीब आई, ''क्या तू बँगले से कुछ चुराकर भागा है आज?'' मामा तश्वीश[1] भरे अंदाज़ में उसे देखने लगी।

''नहीं तो ··· मैं चोरी क्यों करूँगा?'' उसने मामा को टाल दिया, मगर आँसू दबकर थमने को तैयार नहीं हुए। कहीं बेगम साहिबा को भी मालूम हो गया कि वह रुपया चुरा के भागा है, तो वह पुलिस को बुला लेंगी। लोग उसे चोर-चोर पुकारेंगे। वह अभी जाकर रुपया बेगम साब को दे देगा। बेगम साब ख़ुश हो जाएँगी। सारे मुहल्ले में उसकी ईमानदारी के चर्चे होंगे। मुहल्ले के दूसरे नौकरों को उसकी मिसालें दी जाएँगी और फिर ज़न्नत के दरवाज़े उसके सामने खुलने लगे। मरे-मरे क़दमों से वह फाटक

---

1. चिंता।

में दाख़िल हुआ। उसके आमद की इत्तिला पहले ही पहुँचा दी गई और सारे मुहल्ले की लौंडियाँ बेगम साहिबा की अदालत में उसके मुक़द्दमे का फ़ैसला सुनने को इकट्ठी हो चुकी थीं।

"सुबह गेट के पास पड़ा मिला था," मैल और पसीने में भीगा रुपया उसने बेगम साहिबा के सामने रखा। वह वरांडे में कुरसी पर लेटी अख़बार देख रही थीं। अख़बार रखकर उन्होंने अद्दू को घूरा और धम से उसके मुँह पर एक थप्पड़ मार के बोलीं, "चोट्टे, सच-सच बता ... तूने आज और कितने रुपए चुराए हैं, जिनसे सारा दिन गुलछर्रे उड़ाता रहा है?"

तमाशा

"रोटी दे दो ... रोटी दे दो !"

तेज़ धूप और सख़्त ज़मीन वाले आँगन में वह खड़ी थी। उसके बदन के किसी जोड़ पर गोश्त न था। इसलिए इनसानी बदन की बनावट के सारे भेद उसे देखते ही खुल जाते थे।

"अम्माँ, अम्माँ ... इस लड़की को एक रोटी दे दीजिए। यह कल दोपहर से भूख के मारे सारे मुहल्ले में रोती फिर रही है," आदिल अम्माँ से कह रहा था।

"चल भाग यहाँ से," अम्माँ ने उसे डाँट दिया, "हिम्मत तो देखो चुड़ैल की ! रोटी लेने आँगन में आ खड़ी हुई, जैसे इसके बाप के क़र्ज़दार हैं हम !"

"ढाई रुपए किलो गेहूँ हो गया है। फ़क़ीरों को रोटियाँ कौन बाँटेगा !" दादी अम्माँ ने मुस्सले [1] के नीचे तस्बीह [2] ढूँढते हुए कहा।

"रोटी दे दो !" वह फिर बिलबिलाई।

"अब जाती है हरामख़ोर कि उठाऊँ जूती ?" दादी अम्माँ को वज़ीफ़ा[3] तोड़ना पड़ा।

"इसे रोटी खिला दीजिए अम्माँ ! और इसे नौकर रख लीजिए। बेचारी बहुत भूखी है," आदिल को उसके पिचके हुए पेट पर बहुत तरस आ

---

1. नमाज़ पढ़ने की चटाई; 2. माला; 3. जाप।

रहा था।

"हाँ, यह ठीक है। इसे नौकर रख लें," अम्माँ इस तजवीज़ पर ख़ुश हो गईं, "मौला अली मुश्किल कशा ने मेरी मुश्किल आसान कर दी··· सुन ओ छोकरी ! नौकरी करेगी ?"

"नौकरी क्या ··· ?" उसने भाड़-सा मुँह खोलकर पूछा। लम्हा-भर को चुप रहने के बाद वह फिर सिसकने लगी, "रोटी दे दो !"

"आँ हाँ, रोटी देंगे, मगर उसके बदले काम करना पड़ेगा," इतने में अम्माँ को वह ख़राब चावल याद आ गए, जिन्हें फेंकने को कल से उनका दिल नहीं चाह रहा था, क्योंकि वह इस फ़िक्र में थीं कि कोई फ़क़ीर आए, तो उसे देकर सवाब[1] कमाएँ।

"अल्लाह का शुक्र है, एक नौकर तो मिला।" अज़रा ने इत्मीनान की साँस ली। इम्तिहान सिर पर आ गया था, मगर सारा वक़्त रोटी पकाने और झाड़ू लगाने में ही सर्फ़ हो रहा था। बेचारा पप्पू एक मील दूर अकेला स्कूल जा रहा था। कपड़े धोते-धोते कमर टूट गई।

"ओ छोकरी, तुझे रोटी पकाना आती है ?" (भई, नौकर रखें, तो पूरा आराम मिले, वरना मुफ़्त की तनख़्वाह और खाना कौन देगा !)

छोकरी ने कोई जवाब न दिया। सिर्फ़ अम्माँ की तरफ़ देखा, जैसे वह अम्माँ के उन हिमाक़त भरे सवालों का जवाब देना फ़िज़ूल समझती हो। रोटी पकाने के लिए तो एक चूल्हा चाहिए, जो बस किसी-किसी घर में सुलगता था।

"तुझे गोश्त बघारना आता है ?" अबकी बार दादी अम्माँ ने सवाल किया, क्योंकि इस इंटरव्यू-बोर्ड की चेयरमैन वह अपने-आपको मान चुकी थीं।

"अरे दादी..इसके सामने गोश्त का ज़िक्र न कीजिए। यह हिंदू होगी," आदिल ने आवाज़ दबाकर कहा।

---

1. पुण्य।

"एँ ! हिंदू ?" अम्माँ चौंक पड़ीं, "कमबख़्त, बेहया सिर्फ़ एक लंगोट कसे हुए थी, वरना लिबास से अकसर इनसान पहचान लिया जाता है कि हिंदू है या मुसलमान ? ... अच्छा हुआ आदिल ने बता दिया, वरना कहीं इमामबाड़ा नजिस[1] कर देती मुरदार ... "

"अरी, तू हिंदू है ?"

"हिंदू क्या ?" उसने बड़ी मुश्किल से कमज़ोर आवाज़ में पूछा।

"तेरा सत्यानास हो," अम्माँ को हँसी आ गई, "बिलकुल हूश[2] है। नामुराद ... मेरा तो दिमाग़ ख़ाली कर देगी !"

एक लड़की की आमद का शोर सुनकर भाईजान ने जासूसी नाविल तकिये पर पटका और बरामदे में चले आए ... इतनी दुबली, ऊँह ... और फिर अभी तो बहुत छोटी है ...

"तेरी कोई बड़ी बहन हो, तो बुलाकर ले आ," उन्होंने उससे कहा। फिर अम्मी से मुख़ातिब हुए, "अम्माँ, यह तो बहुत छोटी है। किसी काम की नहीं।" (उन्होंने सोचा, यह लड़की एक रोटी के बदले हर काम की हामी भर रही है। बड़ी बहन और सस्ती पड़ेगी।)

"बहन क्या ?" वह अब धूप से तपते हुए आँगन में सोने की तैयारी करने लगी थी।

"यह लीजिए। यह मोहतरमा तो मुस्तक़िल कियाम[3] व तआम[4] के इरादे से आई हैं," अज़रा को पढ़ते-पढ़ते हँसी आ गई।

"रोटी दे दो !" उसने ऊपर होनेवाले तमाम रिमार्क्स का मुख़्तसर-सा जवाब दिया।

"देखा, कैसी बदमाश है ! काम के नाम पर अनजान बन रही है। रोटी मिलते ही भागने का इरादा है चुड़ैल का !"

"अरी, तूने पहले कहीं काम किया है ?" दादी अम्माँ ने पुलिसवालों के अंदाज़ में तफ़्तीश शुरू की। अम्माँ की तरफ़ झुककर उन्होंने सरगोशी में कहा, "दुल्हन, कहीं किसी चोर की सिखाई हुई न हो। रात को दरवाज़ा

---

1. अपवित्र; 2. गँवार; 3. स्थायी आवास; 4. खान-पान।

खोलकर सबको अंदर बुला लेगी !''

वह सचमुच चोरों की तरह उस काली कोठड़ी को घूरे जा रही थी, जहाँ शैतानों के दीदों[1] जैसे सुर्ख़ चूल्हे दहक रहे थे और सारे आँगन में खिचड़ी की भूख लगा देनेवाली ख़ुशबू फैली थी।

''मुझे तो पक्की चोर लगे है। हर तरफ़ कैसी ललचाई हुई नज़रों से देख रही है,'' अज़रा साइकोलॉजी में एम.ए. कर रही थी। इसलिए इनसान की नज़रों में छिपे हुए इरादों से ख़ूब वाक़िफ़ थी।

''तेरा नाम क्या है?''

''रो ··· रो ··· वो ··· टी ··· ई ई ई ··· ''

''गूँगी है कमबख़्त ! जाने क्या बक रही है !''

''यह तो और भी अच्छा है,'' भाईजान ने सोचा। वह नसीबन बदमाश बड़ी ज़बान की तेज़ थी। ख़्वाहमख़्वाह मेरे क़िस्से सारे मुहल्ले में फैला गई।

''देख, तुझे सात रुपए तनख़्वाह दूँगी, मगर रात-दिन काम करना होगा !'' अम्माँ ने कहा।

''ए दुल्हन, पागल हुई हो। इकट्ठे सात रुपए। इत्ती-सी लौंडिया को कौन देगा ! पाँच रुपए दूँगी। जी में आए, तो रहो, वरना अपना रास्ता नापो !'' उसने सिर हिलाकर रज़ामंदी ज़ाहिर कर दी।

उसके रज़ामंद होते ही भाईजान की दुल्हन फ़ौरन कमरे से बरामद हुईं।

''तू उठकर काम शुरू कर दे। सबसे पहले बाबा की फालियाँ धो दे। फिर सेलफची साफ़ करके कमरे में रख देन ··· और दूध की बोतलें गर्म पानी से धोन ··· '' दुल्हन ने सोचा। पहले अपना काम समझा दो, ताकि रोज़ इसी तरह काम किया करे।

मगर वह घुटनों के दरम्यान गर्दन दबाए धूप में सूखती रही।

''अम्माँ, इससे यह भी कह दीजिए कि सेहन के पौदों को पानी दिया

---

1. आँखों।

करे। अब मेरा इम्तिहान है,'' अज़रा ने किताब से नज़रें उठाए बग़ैर कहा।

''तुम लोग अपना काम करा लो, तो ज़रा देर के लिए इधर भी भेज देना,'' अचानक दादी अम्माँ को अपने जोड़-जोड़ का दर्द याद आ गया, ''पिंडलियाँ दर्द से फटी जा रही हैं। ज़रा दबा देगी, तो शायद रात को नींद आ जाए !''

''मैं तो इसके हाथ का बनाया हुआ खाना नहीं खाऊँगा। बड़ी गंदी है,'' भाईजान ने एक बार फिर उसके सूखे चमरख बदन को अपनी नज़रों से टटोला, ''इससे कहिए कि इसकी कोई बड़ी बहन हो, तो ··· ''

''तू कहाँ रहती है ?''

''चल, उठ, जल्दी से आँगन में झाड़ू लगा।''

''बड़ी मक्कार है बदमाश !'' अज़रा ने साइकोलॉजी की किताब से नज़रें उठाईं।

''अम्माँ, इसे रोटी दे देना !'' आदिल ने बाहर जाते-जाते कहा।

''मगर पहले एक बात सुन ले,'' दादी अम्माँ ने वज़ीफ़ा ख़त्म करके पानदान खोला, ''इस मुहल्ले में तुझे कोई पहचानता हो, तो उसे बुलाके ले आ ··· हमारी कोई चीज़ चली गई, तो तेरी ज़िम्मेदारी कौन लेगा ?''

''अगर तूने काँच का बर्तन तोड़ दिया, तो तेरी तनख़्वाह में से पैसे काट लूँगी,'' अम्माँ ने एक और वार्निंग दी।

''देखा ? काम की बात पर कैसी अनजान बनी बैठी है,'' अज़रा ने पढ़ते-पढ़ते फिर उधर देखा।

''इसे सचमुच नौकरी थोड़ा ही करना है। आप पेट भर दीजिए। अभी भाग जाएगी लुकंदरी !''

''चल उठ, झाड़ू लगा !''

''पहले गंदी फालियाँ धो दे · · · ''

''ख़बरदार, जो पूछे बग़ैर कोई चीज़ उठाकर मुँह में डाली।''

''देखा ? काम के नाम पर कैसा दम निकला जा रहा है। अच्छा, अब आप सब इसका तमाशा देखिए,'' अज़रा साइकोलॉजी की क़िताब

पटककर उठी और अंदर से एक रोटी लाकर लड़की के सिर पर नचाने लगी।

"ले रोटी खाएगी?"

यह कहकर अज़रा ने उसकी ढलकी हुई गर्दन ऊपर उठाना चाही, और अगले ही लम्हे बेहद शर्मिंदा हुई कि वह कोई तमाशा न दिखा सकी।

मैं

आधी रात को किसी ने ख़बर सुनाई कि आमिर मिल गया है। मैं अंधे बादलों की तरह उठी। जाने कितना तेज़ भागी। आमिर को टटोल-टटोलकर देखा ··· कभी सोचती कि यह आमिर ही है या कोई और ?

अम्माँ ने हज़ारों बार यह क़िस्सा सुनाया था और हर बार मैं घबराकर अम्माँ से पूछता, ''अम्माँ, अम्माँ, आपको यह शक क्यों हुआ कि मैं आमिर नहीं हूँ ?''

''बस यों ही ··· मेरे दिल में शक था कि कहीं खोए हुए बच्चे भी मिले हैं। किसी ने मेरा दिल बहलाने के लिए कोई और बच्चा न थमा दिया हो।''

और हर बार अम्माँ की इस बात पर मैं लरज़ उठता था।

कहीं सचमुच अम्माँ को किसी ने दूसरा बच्चा न थमा दिया हो, दिल बहलाने के लिए, और वह खोया हुआ 'मैं' जाने कहाँ भटक रहा होगा। जाने कौन-सी माँ उस 'मैं' को थामकर बहलाई गई होगी। फिर मैं कौन हूँ। मुझे अम्माँ का दिल बहलाने के लिए रात के अँधेरे में कहाँ से लाए थे ··· ?

और फिर जब मैं बड़ा हो गया, तो मैंने फ़ैसला किया कि ··· अब मैं उस खोए हुए आमिर को ढूँढूँगा, जिसे अम्माँ रेलगाड़ी में सोता छोड़कर उतर गई थीं और वह रेल आगे बढ़ गई। एक बार मैंने रेल की पटरियाँ देखी थीं। इतनी लंबी ··· या अल्लाह ··· यह पटरियाँ कहाँ ख़त्म होती होंगी

! आख़िर आख़िरी स्टेशन कौन-सा है !

मैंने जब भी अब्बा से यह बात पूछी, वह हँसने लगते, ''अहमक़, पटरियाँ कहीं ख़त्म नहीं होती हैं। उनका जाल तो सारे हिंदुस्तान में बिछा हुआ है।''

एक बच्चे को उसकी माँ से दूर रखने के लिए सारे हिंदुस्तान में जाल बिछाया गया है। मैं हैरान होकर सोचता ... वह बेचारा आमिर कब तक रेलों में घूमे जाएगा।

अम्माँ भी कैसी भोली हैं ... मुझी से बहल गईं, मगर कभी-कभी मुझे ऐसा लगता है, जैसे अम्माँ को भी मेरे वजूद पर शक है।

यों मेरे खोए-खोए रहने पर सब मुझे तश्वीश[1] भरी नज़रों से देखने लगे थे। कोई मुझे पुकारता, मगर मैं जवाब ही नहीं देता, जैसे आमिर तो किसी और का नाम था। मैं क्यों जवाब दूँ !

मेरी ऐसी हरकतों पर बड़ी आपा को बड़ी हँसी आती थी। वह मेरी गर्दन हिलाकर पूछतीं, ''अभी तुम कहाँ थे ?''

''रेल में ... ?'' मेरे जवाब पर सब ही हँस पड़ते।

एक बार अम्माँ बीमार पड़ गईं ... रोटी पकाते-पकाते उठीं और धड़ाम से आँगन में गिर पड़ीं। ज़रा-सी देर में बड़ी आपा की चीख़ों से हमारा आँगन पड़ोसिनों से भर गया। बड़ी आपा ने अम्माँ को दूध में घोलकर ख़मीरा मुवारीद पिलाया। साबिरा कहती थी कि इस ख़मीरे में इतनी ताक़त होती है कि मुरदे को दे दो, तो खड़ा हो जाए, मगर अम्माँ ने सिर्फ़ आँखें खोलकर मुझे देखा और करवट बदलकर सो गईं।

कई दिन हो गए, रोज़ रात को अम्माँ के पास सोने को जी चाहता, मगर उनकी हाय-हाय से घबराकर मैले कपड़ों के ढेर पर सो गया और सोते वक़्त मुझे इस बात पर रोना आता था कि अम्माँ मुझे अपने पास क्यों नहीं बुला लेतीं, और फिर एक दिन अम्माँ ने मेरी तरफ़ ग़ुस्से से देखकर कहा, ''इसे देखो। जब से मैं बीमार हुई हूँ, एक बार भी मेरे पास

---

1. चिंता।

नहीं आया। जैसे मेरा बेटा ही नहीं है।''

अम्माँ की इस बात पर मैं दिन-भर सोचता रहा। कहीं सचमुच अँधेरी रात में लोगों ने अम्माँ को धोखा तो नहीं दिया था ! जभी तो अम्माँ की बीमारी से मुझे कोई परेशानी नहीं होती।

बड़ी आपा, साबिरा और भैया परेशान सूरतें लिए सारे घर में भागे-भागे फिरते थे। अम्माँ को ज़बरदस्ती दवाएँ खिलाई जातीं, लेकिन मुझे उलटा ग़ुस्सा आता था कि यह कब तक नख़रे किए लेटी रहेंगी।

कई बार अम्माँ मेरी आवारागर्दी पर झुँझला जाती थीं, ''तू हर वक़्त बाहर क्यों घूमता है ? अपने घर में जी नहीं लगता ? बाहर तेरा कौन सगा बैठा है ?''

अम्माँ की बात सुनकर क्रिकेट बैट मेरे हाथ से गिर गया। डर के मारे दिल धक-धक करने लगा। अम्माँ ने यह बात क्यों कही आज ! उन्हें भी डर है कि मैं कहीं अपने सगों में न चला जाऊँ ?

दो दिन हो गए, मैंने खाना नहीं खाया। सारा दिन पलंग पर लेटा रहा। करवटें बदल-बदलकर सोचे जाता कि क्या सोचूँ ? अब अम्माँ समझतीं, मुझे कोई रोग लग गया है।

''बाहर जाओ ··· उठकर बैठो। होम-वर्क करो !''

हर शख़्स पास से गुज़रते वक़्त मुझे एक हुकम सुना देता, ''कोई सवाल समझ में न आए, तो उसे फैलाकर हल करो,'' अब्बा पढ़ाते वक़्त मश्वरा देते थे। तो क्या उस सवाल को भी फैला दूँ ?

मगर वह तो मेरे फैलाने से पहले ही हर तरफ़ फैल चुका है। दिन-रात मेरे दिमाग़ में एक कैलकुलेटर इस सवाल को सुलझाए जाता। जाने क्यों बाज़ वक़्त दिमाग़ में वही बातें भर जातीं, जिनके तसव्वुर [1] से ही वहशत [2] होती थी।

आख़िर सबने यह बात तय कर ली कि मेरा दिमाग़ अपनी जगह से हट चुका है और एक दिन बड़ी आपा ने अब्बा से शिकायत की, ''अब्बा,

---

1. कल्पना; 2. घबराहट।

आमिर स्कूल का होम-वर्क नहीं करते। हर वक़्त किताब बंद करके जाने क्या सोचते रहते हैं !''

''भई, हमारे ख़ानदान में तो कोई जाहिल नहीं रहा है। अगर आमिर बड़े होकर रिक्शा चलाना चाहते हैं, तो मैं क्या कर सकता हूँ !'' अब्बा बेहद ग़ुस्से में कह रहे थे।

हमारे ख़ानदान में ··· यानी अब्बा का ख़ानदान, जो मेरा ख़ानदान नहीं है ··· मैंने बड़े दुःख से सोचा ··· मेरा रंग भी तो अब्बा से बहुत गोरा है। अब्बा तो निरे काले हैं।

जब मैं बहुत छोटा-सा था और अब्बा मुझे गोद में उठाए-उठाए फिरते थे, तो फूफी जान हँसकर कहती थीं, ''अल्लाह क़सम, भैया, इतना गोरा बेटा तुम्हारी गोद में नहीं सजता ! सब यही समझते हैं कि किसी और का बच्चा उठा लिया है।''

और मैं अब्बा की गोद से उतर जाता था—यों, जैसे किसी ग़ैर की गोद में चला गया था। सब बहन-भाई मुझे अपने से दूर रखते। मुझे चुपचाप बैठे देखकर साबिरा और पप्पू सरगोशियाँ करते ··· ग़ालिबन उन्हें भी यह कहानी मालूम हो चुकी है।

रात को कभी कोई दरवाज़ा खटखटाता था, तो मैं घबराकर उठ बैठता, जैसे मुझे ले जाने आया हो। मिल गया ··· मिल गया ··· और मैं किसी ममता भरे सीने से लगकर ··· अम्माँ के पसीने में भीगे मैले कुरते से नाक रगड़कर रोने लगता।

''कोई रोशनी करो ··· यह आमिर ही है न ··· ?''

फिर रोशनी हो जाती ··· पल-भर में अम्माँ दूर हट जातीं। मेरी खुली हुई बाँहों को धकेलकर वह ग़ौर से देखतीं ··· नहीं ··· नहीं ··· कहीं खोए हुए बच्चे भी मिले हैं ! और फिर अम्माँ मेरे सिर पर हाथ रखकर कहतीं, ''बेचारा !''

''क्या हुआ तुझे ··· ? क्यों काँप रहा है ?'' अम्माँ आँखें मलती हुई सोते से उठकर मेरे पास आ बैठती थीं।

"अम्माँ, आमिर को बहुत डर लग रहा है, जैसे कोई उसे ले भागेगा," साबिरा मुझे तश्वीश भरी नज़रों से देखकर कहती।

"मैं जो हूँ ··· किसी को क्यों ले जाने दूँगी !' अम्माँ मुझे अपने सीने से लगाकर थपकने लगतीं।

"नहीं ··· नहीं ··· मैं जाऊँगा !" अम्माँ का हाथ झटककर मैं ज़िद करने लगा।

"कहाँ ··· किसके साथ ··· ?" अम्माँ ने ताज्जुब से पूछा।

कहाँ ··· ? किसके साथ ··· ? कहाँ ··· ? किसके साथ ··· ? सारी रात यह सवाल मेरे कानों में गूँजते थे। किसी खोए हुए बच्चे को किसी की मदद के बग़ैर ढूँढना कितना कठिन काम है। फिर मैं अपने-आपको कैसे ढूँढूँ ! खेलते हुए बच्चों मे ··· दौड़ती हुई बसों में ··· भागती हुई रेलों में ··· एक दिन सड़क पर एक औरत छोटे-से बच्चे को घसीटती हुई, मार-मारकर कहीं ले जा रही थी।

राह चलती किसी औरत ने ग़ुस्से में कहा, "अरी, क्यों इतनी बेदर्दी से मार रही है। क्या तेरा बच्चा नहीं है ?"

कहीं वह बच्चा भी पिट रहा होगा, जो मेरी बजाय किसी और अम्माँ के हवाले कर दिया गया है ··· यह माएँ दूसरों के बच्चों को इतना क्यों मारती हैं ? अम्माँ को भी जब मुझ पर ग़ुस्सा आता है, तो वह पागल-सी हो जाती हैं। शायद उन्हें ग़ुस्सा आता है कि मैं उनके घर में क्यों आ गया ? मैं जो अपनी माँ से बिछड़ गया, जो कभी एक था और फिर दो हो गया ··· एक हिस्सा जो अम्माँ का है, और एक हिस्सा जो किसी ट्रेन की बर्थ पर बैठा अपने पीछे भागनेवाली दुनिया को ग़ौर से देख रहा है। नज़रों के सामने तेज़ी से गुज़रनेवाले चेहरों को पहचानने की कोशिश कर रहा है। वह 'मैं' कब मिलेगा ? कब मैं एक हो सकूँगा !

इधर बालकनी में घंटों टहल-टहलकर सोचता हूँ कि अचानक कोई दौड़ता हुआ आएगा ··· तुम यहाँ कैसे आ गए ··· जाओ, अपने सगों में

मिल जाओ और वह दौड़ता हुआ हैवूला[1] मैं हूँगा ··· और फिर मैं ··· मैं ··· लेकिन क्या मैं अकेला ही इंतज़ार का यह दुःख बर्दाश्त कर रहा हूँ और कोई मुझे इस अज़ाब[2] से छुड़ाने नहीं आएगा, मगर वह भी तो खो गया है ··· अपने घर से दूर कहीं किसी चलती ट्रेन के डिब्बे में सो रहा था ··· सोता रहेगा। इस ट्रेन की पटरियों का अंत कहीं नहीं है। वह ज़िंदगी-भर घूमता रहेगा ··· घूमता रहेगा। पटरियाँ बदलती रहेंगी।

स्याह इंजन उसे ख़ौफ़नाक ग़ारों[3] में, अँधेरे जंगलों में और हैबतनाक[4] पहाड़ों पर ले जाएगा।

मैं अकसर ख़्वाब देखता कि मैंने रेल की तमाम पटरियों का सिलसिला काट दिया है। तमाम दुनिया की रेलें रुकी खड़ी हैं, मगर वह बेवक़ूफ़ सोता रहा है। कोई उसे उठाता क्यों नहीं ··· चल, भाग, अपने घर जा ···

एक दिन अख़बार में एक ख़बर देखी मैंने !

''अतहर ··· तुम कहाँ हो ··· ? जहाँ भी हो, फ़ौरन चले आओ। तुम्हारी माँ तुम्हारे लिए सख़्त बेचैन है। तुमसे कोई शिकायत नहीं की जाएगी !''

अच्छा तो यह इश्तहार मेरे लिए है। मैंने कई बार इश्तहार पढ़कर फ़ैसला किया और चुपके से पते की सम्त[5] रवाना हो गया।

''क्या यहाँ कोई खो गया था ?'' मैंने दरवाज़े पर दस्तक देकर पूछा, मगर वे सब मेरे फटे कपड़े, ख़ून टपकाते पाँव और गर्द-आलूद [5] चेहरे को देखकर सहम गए।

''पागल ··· पागल है ··· अंदर आ जाओ, नहीं तो मारेगा,'' एक बच्ची ने खिड़की बंद करते हुए कहा। मैं मायूस होकर लौट आया।

सामने से एक लड़का आ रहा था। मेरे ही जितना, मेरी तरह वहशतज़दा ज़ख़्मख़ुर्दा,[7] सहमा-सहमा-सा, मुझे देखकर वह ठिठक गया ··· जैसे मुझे पहचानने की कोशिश कर रहा हो।

---

1. आकृति; 2. यातना; 3. गुफाओं; 4. भयंकर; 5. दिशा; 6. धूल भरे; 7. घायल।

"ठहरो !"

वह ठहर गया।

"क्या इस सामनेवाले घर में लोग मेरा इंतज़ार कर रहे थे। यह देखो, मेरे खो जाने का इश्तहार अख़बार में छपा है।"

"तुम कौन हो ?" उसने अख़बार मुझे लौटाते हुए कहा।

"हर शख़्स मुझे पहचानने से इनकार कर चुका है, लेकिन मेरा ख़याल है, मेरे सगे मेरा इंतज़ार कर रहे हैं। वह मुझे पहचान लेंगे !"

"झूठ मत बोलो," वह ग़ुस्सा में बिफ़र गया, "यह इश्तहार तो मेरे लिए था। मैं अपने घर वापस आ गया हूँ," उसने मुझे शक भरी नज़रों से देखा।

"अच्छा तो तुमने रेल की पटरियों को काट डाला। नींद से जाग उठे ?" मैंने ख़ुश होकर पूछा।

"तुम कौन हो ··· ?" वह मुझे बड़े ग़ौर से देख रहा है।

"लो ··· फिर वही चक्कर शुरू हो गया," मैंने बड़ी देर तक इस बात पर ग़ौर किया, और फिर ख़ुशी से उछल पड़ा।

"तो इसका मतलब यह हुआ कि मैं 'मैं' हूँ और तुम 'तुम' हो। हम दोनों अपने-अपने घरों में आ गए हैं," और फिर मैं ख़ुशी के मारे भागने लगा ··· मैंने राह के तमाम पत्थरों को ठोकरों से उड़ा दिया ··· साइकिलों और कारों की ज़द से निकल गया। शरीर[1] बच्चों की तरफ़ से आनेवाले पत्थरों को हाथों पे सहा ···

आज मुझे बड़ी ख़ुशी थी कि वे सब ज़ालिम बच्चे मुझे पहचान गए। जभी तो आज उन्होंने मुझे देखते ही पत्थर नहीं फेंके। अपने मुहल्ले में लोग मुझे देखते ही चिल्लाने लगे, "पागल ··· फिर आ गया !"

हाँ, आज सबने मुझे पहचान लिया। अब अम्माँ भी पहचान लेंगी। तो आज 'मैं' मिल गया।

यह कितना लंबा सफ़र था, अपनी पहचान के लिए जो मैंने तय किया।

---

1. शरारती।

थकन से चूर होकर मैंने सोचा ··· मैं दूर से देख रहा था। बहुत-से लोग मेरे मुन्तज़िर[1] थे। मैं जो अपनी पहचान के सफ़र से लौटा था, तो लोग मुझे हैरान-हैरान नज़रों से देख रहे थे। उनकी आँखों में मेरे लिए रहम भी था और तश्वीश भी।

फिर सबने मेरे गिरते हुए बदन को थाम लिया।

"लो भई, तुम्हारा बेटा आ गया ··· ज़रा देखो तो, इसने क्या हाल बना रखा है अपना ··· !"

लोगों ने मुझे अम्माँ की गोद में धकेल दिया।

"या अल्लाह ··· यह ··· यह आमिर है ··· ?" अम्माँ ने परेशान नज़रों से दोनों हाथों में मेरा चेहरा थामकर ग़ौर से देखा, तो अचानक मेरा दिल बुझ गया। मैंने अम्माँ को दूर धकेल दिया और निढाल होकर सोचा, तो इसका मतलब यह है कि अभी 'मैं' नहीं मिला हूँ?

---

1. प्रतीक्षारत।

ऐश-ट्रे में सुलगता हुआ सिगरेट

"वह तेरा मजाज़ी ख़ुदा[1] होगा !"

बस गड़बड़ आपी के इस जुमले से शुरू हुई और शमा के लिए नवेद पैग़म्बरों-अवतारों की तरह वहम व ग़ुमान-सा बन गया। अब वह जिस धागे को छूती, गाँठ बन जाता वह ··· धीरे-धीरे वह ऊँचा उठता गया। एक मावराई [2] ताक़त की तरह हर तरफ़ बिखर गया ··· आपी के ज़र्री अक्वाल[3], तेज़-बहदफ़[4] नुस्ख़े, शह-मात देनेवाली चालें ··· सब गडमड हो जाते और शमा तेज़ हवा में बुझ-बुझकर जलनेवाले चिराग़ की तरह लरज़ती, काँपती, चारों तरफ़ धुआँ बिखेरने लगती।

हालाँकि ब्याह की रात उसने हज़ारों लकीरें खींची थीं। जमा, फ़रीक़[5], घाटे और मुनाफ़े के चार्ट बनाए थे। आपी के बताए हुए वह सारे हदूद[6] नापे थे, जहाँ उसे रुकना है, चलना है, और पलटकर देखने की सज़ा पर पत्थर बन जाना है।

दरअस्ल ऐसा कुछ न हुआ, जो आपी ने बताया था। ऐसा कुछ न हुआ, जिसे सत्रह बरस तक शमा ने ख़ूबसूरत सोचों से सजाया था, रंगीन सपनों और रूमानी गीतों और सहेलियों की सरगोशियों से गूँधा था। वह उसके पास आया, तो पहले नया सिगरेट सुलगाया ··· वह बुझने

---

1. पति परमेश्वर; 2. अलौकिक; 3. सुनहरे कथनों; 4. जल्दी असर करनेवाले; 5. घटा; 6. सीमाएँ।

लगी। उस चिंगारी की तरह माँद पड़ गई जिसे दूर बैठकर लोग अपनी फूँकों से भड़काते हैं। अब वह अपनी साँसों में खींचकर उसका ज़ाइक़ा महसूस करता और उँगलियों में सुलगाकर उसके जलने-बुझने का तमाशा देखने लगा। जलाना, भड़काना और फिर बुझा देना ··· हैवुला -सा लगता कि जैसे है ··· नहीं है ··· देवता समान ··· पैग़म्बरों जैसा ··· पास ही तो लेटा है ··· मगर हाथ लगाओ, तो कोई चिंगारी, न दमक ··· वह थक जाती, हार जाती ··· दिल में उमड़नेवाले हलकोरे धीरे-धीरे शांत पड़ने लगते।

"मर्द जब हँसाए, खिल उठो ··· वरना वह तुम पर शक करेगा" (आपी ने कहा था)। रात का घटाटोप अँधेरा और गहरा हो जाता। ख़ौफ़ की एक लहर उसे दूर बहा ले जाती। जब वह हँसा, मैं क्यों नहीं हँसी ··· ! सारी रात वह ख़ौफ़ के मारे काँप-काँप उठती। उसकी पलकों पर चिंगारियाँ लौ दे उठतीं ··· देवताओं का कहर व ग़ज़ब ··· ख़ुदाई लानत व फटकार ··· फिर बहिश्त[1] के दरवाज़े उस पर धीरे-धीरे वा[2] होने लगे। नवेद के नींद भरे हाथ किसी को बिस्तर पर टटोलते ··· कभी तकिये को ··· कभी शमा को ··· शायद वह अपनी पहली बीवी को ढूँढ रहा है। शमा उसके बेक़रार हाथों में सिमटकर सोचती ··· अब क्या करूँ ? हँसना है या रोना ··· !

"यह सारा घर उसके जहेज़[3] से भरा है," नवेद ने अपनी पहली बीवी का ज़िक्र करते हुए कहा, "बस एक कसर रह गई। मारुति कार की ··· उसका बाप बड़ा कंजूस था," नवेद ख़लाओं[4] में कहीं दूर अपने-आपको मारुति कार में बैठा देख रहा था। अगर वह न मरती ··· अगर वह ··· मुँह खोले, डरी-सहमी-सी ···

"उसके सारे दुःख अब तुम्हारे होंगे" (आपी ने कहा था)। उसके सारे दुःख ··· सिसकती ख़्वाहिशें, जलकर ख़ाक हो जानेवाली उम्मीदें ··· सो जाओ

---

1. स्वर्ग; 2. खुलना; 3. दहेज़; 4. शून्यताओं।

मेरे खेवनहार ··· मेरे देवता ··· अगर ख़ानम तुम्हें कार में न बिठा सकी, तो यह मेरा फ़र्ज़ है, तुम्हारे सारे अधूरे अरमान पूरे करना ···

सुबह उसने अपने घर को देखा कि शायद सौकन[1] के वजूद से भरा होगा, मगर हर तरफ़ ऐश-ट्रे रखे थे। सिगरेटों की राख थी। बिस्तर पर ··· तकियों पर ··· फूलों पर, किताबों पर ··· कितने सिगरेट राख होते हैं यहाँ ··· वह सफ़ाई करते-करते सोचने लगी।

"उसकी किसी बात पर मत टोकना ! वह बिफर जाएगा !" (आपी ने कहा था)।

पाँच बरस हो गए थे आपी की शादी को। इसलिए वह सबकुछ जानने का दावा करती थीं ··· सबकुछ ··· मर्द की मैकेनिज़्म के कल-पुरज़े ··· उसे खोलने और जोड़ने के तमाम नट और बोल्ट ··· और चाहती थीं कि अपने इन तमाम तजुर्बों का निचोड़ शमा को पिला दें कि वह बहुत नासमझ है, बेहद जज़्बाती है, बड़ी डरपोक है ···

"अम्माँ, यह बहुत छोटी है अभी !" आपी घबराकर रहम भरी नज़रों से उसकी तरफ़ देखतीं, तो वह और तनकर खड़ी हो जाती। आपी क्या जानें। वह अंदर-ही-अंदर कितनी ऊँची हो चुकी है। अपने ख़्वाबों के सुनहरे जाल में लिपटी खड़ी है। शादी उसके लिए रौशनियों और रंगों से भरा अनार था, और वह राख में दबी चिंगारी की तरह दबी बैठी थी ··· भड़कने, बिखरने, जगमगाने के लिए बेक़रार ···

"एक बात याद रखो शमा ··· उसे कभी अपनी मुहब्बत का यक़ीन मत दिलाना। फिर वह करवट बदलकर सोने लगेगा" (आपी ने कहा था)। मगर वह तो कोई अहद[2] लिए बग़ैर ही चैन की नींद सो रहा था ··· कितना अजीब था यह आदमी ··· मर्द की फ़ितरत का अनोखा मॉडेल ··· आपी के तजुर्बों को झुठलानेवाला बाग़ी ···

"तुम्हारे दूल्हा भाई तो बड़े ज़िद्दी हैं ··· बेहद शक्की मिज़ाज ···साइंटिस्ट जो ठहरे ··· हाँ शम्मो ! याद रखना, मर्द कोई बात ग़लत नहीं कहता।

---

1. सौतन; 2. वचन।

तुम एक काम करो !"

"अफ़्फ़ोह आपी ··· " वह सिर थामकर बैठ गई, "मैं क्या-क्या करूँगी ? आख़िर वह भी तो कुछ करेगा न !"

"वह ··· ? वह ··· ?" आपी को हँसी आ गई। हँसते-हँसते उनकी आँखों में आँसू आ गए।

"हाँ, और क्या ··· " शमा ने मुँह में कहा, "उसकी कोई तजुर्बेकार आपाजान भी तो उसे अपने तजुर्बों का घोल पिला रही होंगी। औरत की फ़ितरत के सारे कल-पुरज़े उधेड़ और सीने का फ़न सिखा रही होंगी !"

"तू बिलकुल ही पागल है ··· !" आपी सचमुच परेशान होती जा रही थीं, "अरी पगली ! हम कभी उस बकरी के बारे में सोचते हैं, जिसे अपने गुनाहों का कफ़्फ़ारा[1] अदा करने के लिए ज़िबह किया जाता है !" मगर यह बात आपी ने शमा से नहीं कही। फिर भी आपी की झुकी हुई नज़रों और काँपते हुए होंठों की तल्खी उसके मुँह में कड़वाहट घोल गई।

"तू बड़ी नासमझ है शम्मो ··· " अब आपी ने लहजा बदलकर दूसरी बात कही।

वह बेचारा दुःखी दिल ··· पहली बीवी जलकर मर गई। ऐसे मर्द बहुत हस्सास[2] हो जाते हैं। जब ही वह बात-बात पर भड़क उठता है।

जब शादी नहीं हुई थी, तो शमा का अपना एक चेहरा था। अपने ख़्वाब थे। अपना ख़ुदा था, मगर अब वह मिसरी की डली बनकर पानी में घुल चुकी थी। उसका अपना कोई मज़ा था, न वजूद ··· हर बात उसी के लिए करती। उसी के लिए सोचती ··· आपी ठीक कहती हैं कि मर्द ··· शादी के बाद शमा की एक और हिस [3] बढ़ गई। नवेद, जो कुछ सोचता, वह महसूस करती। एक इल्हाम-सा होता रहता था उस पर कि अब चलना है। अब रुकना है। अब हँसना है। अब ··· अब ? आपी कहती हैं ··· आपी ··· आपी ··· ! झुँझलाकर वह एक कपड़े के कई टुकड़े कर डालती। फिर उन्हें सीने-जोड़ने बैठ जाती। सूती धागा लेकर ··· जब वह

---

1. प्रायश्चित; 2. भावुक; 3. ज्ञानेंद्रिय।

उसके पास लेटा हो, तो शमा की समझ में न आता, अब क्या करूँ … ! उसकी उँगलियों के बीच एक सिगरेट जलता रहता था धीरे-धीरे राख बनता ! तब नवेद एक नज़र उस पर डालता … सिर्फ़ यह देखने के लिए कि अभी कितना और जलने को बाक़ी है। एक दिन शमा उकता गई, इस खेल से। उसने सिगरेट कहीं छिपा दिया … वह बेताब हो गया … सारे घर को खोज डाला … शमा को उसकी घबराहट पर हँसी आ गई ! फिर वह दरवाज़े की तरफ़ दौड़ा …

"कहाँ चले … ?"

"और लाने … "

और लाने … शमा काँप उठी … सोफ़े पर लुढ़क गई। तुम्हें खेल खेलना नहीं आता शमा … वह अपनी हार मान बैठी।

शाम को नवेद घर आया, तो खिला-खिला-सा … उसकी छठी हिस ने ताड़ लिया। आज मन का कँवल[1] खिला हुआ है। ज़रूर प्रमोशन की ख़बर आ गई है। मुँह पर एक नया रंग लौ दे उठा है।

"यह कब से शुरू किया … ?" शमा ने मेज़ पर रखे सिगरेट के नए ब्रांड का पैकेट उठाया। नवेद घबरा गया, जैसे उसकी चोरी पकड़ी गई। वह हकलाने लगा। शमा के हाथ से पैकेट छीनकर … उसे बड़ी मुहब्बत से झूला झुलाते हुए कहा, "रानो अमेरिका से लाई है। हमारी पुरानी दोस्त है। कभी-कभी मुँह का मज़ा बदलने के लिए इसे पी लूँगा।"

शमा ने घबराकर देखा। उसकी उँगलियों में फँसा हुआ सिगरेट अब राख बननेवाला था।

"रानो तुम्हारे लिए भी ज़र्द साड़ी लाई है। उसे ज़र्द रंग बहुत पसंद है न ! कल घर लेकर आएगी," शमा ने देखा। ज़र्द रंग तो सब ही को भा गया था। हर रात पीले-पीले फूलों का उजाला-सा हो रहा था। सारा घर दमकने लगा है—उस रंग की फुहार से !

यह अच्छा हुआ। अब मैं भी उसकी पसंदवाली साड़ी पहनूँगी (आपी

---

1. कमल।

कहती हैं, जब वह ख़ुश हो, तुम भी खिल उठो)। मगर आँखों में घुसने वाले सिगरेट के धुएँ ने सारे किये-धरे पर पानी फेर दिया और वह जलती आँखें उलटी हथेलियों से मलने लग ··· वह दूर रहे, तो गीली लकड़ियों की तरह धुआँ-ही-धुआँ ··· पास आके भड़क उठता है ···

उस दिन जाने क्या हुआ था उसे ··· आपी-आप भड़क उठी ··· जली, तो जलती ही रही ··· एक रात ··· आहिस्ता-आहिस्ता वह पहली बीवी के जल मरने का हाल शमा को सुनाने लगा, "हालाँकि उस दिन बहुत ख़ुश थी वह ! सारा दिन किचन में घुसी जाने क्या भूनती, बघारती रही," नवेद की उँगलियों में फँसा हुआ सिगरेट भी यह बात सुनते वक़्त काँप-काँप रहा था। वह ख़ुद भी हाँफ रहा था, जैसे यह बात शमा को सुनाने से पहले वह मीलों दौड़ा हो ··· भागता फिरा हो। शमा चुपचाप बैठी रही। सिर झुकाए नवेद की उँगलियों में फँसा सिगरेट देखती रह ··· कभी ऐसा हो कि सिगरेट सुलगते-सुलगते बुझ जाए और नवेद को दूसरा सिगरेट जलाना याद ही न रहे ··· फिर धुएँ में घिरकर उसका दम घुटने लगा ··· नवेद बातों की धुन में सिगरेट को मुँह लगाना भी भूल गया ··· वह हौले-हौले ख़ाक हुआ जा रहा था ··· नवेद उसे लबों से क्यों नहीं लगाता ··· यह सिगरेट पीनेवाले कितने लापरवाह होते हैं, सुलगाकर भूल जाते हैं ··· तब शमा ने उसे याद दिलाया ···

"हुँह ··· फिर ··· ? फिर क्या हुआ ··· ?"

वह कोई नागवार-सी तहरीर पढ़ रहा था दीवार पर। उसने शमा की बात नहीं सुनी, जैसे वह शमा के वजूद को फ़रामोश[1] कर चुका था। फिर बुझते हुए सिगरेट ने उसकी उँगली को डस लिया तो वह चौंक पड़ा। बुझाए बग़ैर उसने सिगरेट ऐश-ट्रे में फेंका और सिगरेट कहीं ढूँढने लगा। फिर उसकी नज़र शमा पर गई ··· गुमसुम ··· सिगरेट के धुएँ में घुली जा रही थी।

"छोड़ो जी इस ज़िक्र को ··· तुम क्यों उदास हो गईं ?" जिस हाथ

---

1 भुला।

में सिगरेट नहीं था, उसने शमा को अपने क़रीब कर लिया ···

"हँसो ··· हँसो मेरी जान !" (आपी कहती हैं ··· आपी ··· आपी ? आपी ··· ?)

शाम को वह रानो के साथ घर आया—ज़र्द-ज़र्द उजालों को साथ लेकर ! ड्राइंग-रूम की मेज़ पर ऐश-ट्रे में सिगरेट सुलग रहा था ·· "ओह ··· शायद मैं उसे बुझाना भूल गया था ··· " नवेद ने पशेमान[1] होकर कहा ···

---

1. लज्जित।

यक़ीन के आगे, गुमाँ[1] के पीछे

यार मन बया[2] ··· बया ···

देरे ताना ना ना देम ···

तोम ताना ना ना देम ···

भुलावे ··· तानें ··· पलटे ··· और फिर उसी दायरे की तरफ़ लौट आना ··· और फिर यह दायरा छोटा होता गया ··· उन्हें चारों तरफ़ से घेरने के लिए ··· गानी सारे गामा मा पा धानी सारे धा ··· यार मन बया ··· बया आ आ आ ···

अचानक जाने कहाँ से दरबारी के सुरों से उनका कमरा भर गया और वह उस बच्चे की तरह खिल उठे, जिस पर खिलौनों की बारिश हो रही हो ···

रे सानी पा धा रे सा ··· देरे ताना ना ना देम ··· यार मन बया ··· आ आ आ ··· लौट आऊँ ? ··· ? मगर कैसे यार ··· ?

उन्होंने काँपती हुई स्याह उँगलियों में लरज़ता क़लम देखा। ··· सामने दुनिया-भर के फ़लसफ़ियों की किताबें खुली पड़ी थीं ··· और दूसरी तरफ़ ख़ाली सिगरेट की डिबिया तले दस रुपए का नोट रखा था ··· बस अपना मुआमला ऐसा ही चलता है यार ··· *बा लबम रसीद जानम, तू बया कि ज़िंदा मानम*[3] ···

---

1. भ्रम; 2. मेरे दोस्त, आ ··· आ ···; 3. होंठों पर दम पहुँच चुका है। तू आ जा ताकि मैं ज़िंदा रह सकूँ।

आज मरियम आंटी के घर में यह कौन सरस्वती आन बसी है कि सारी दुनिया सरशार[1] हो गई। काइनात का हर ज़र्रा बेक़रार हाकर उसकी तरफ़ दौड़ने लगा था ... यारे मन बया ... बाय ... आ आ आ ... मरियम आंटी को एक ही काम आता है ... दाल बघारना और दिल जलाना ... कैसी जानलेवा दाल बघारती थी बुढ़िया कि भूख जाग उठती ... बा लबम रसीद जानम ...

एक बार देखो, तो गर्म दाल का कटोरा लिए दरवाज़े में खड़ी हैं ... मगर उन्होंने लौटा दिया ... बस अपना मुआमला ऐसा ही चलता है यार ...

और जब मरियम आंटी दो महीने के लिए अपने बेटे से मिलने दुबई गईं, तो वह शाम के वक़्त लिखते-लिखते बार-बार नथने फैलाकर कुछ सूँघने की कोशिश करते ... मगर उनके जाते ही जाने कौन साहिरा[2] आ बैठी उनके घर में—सारी दुनिया को मदहोश करने। अँधेरे कमरे में बैठी दरबारी के सुरों का जाल फैला रही थी ... जाने कौन आ फँसेगा बेचारा ... दरबारी बड़ा मूज़ी[3] राग है ... आदमी सर-पैर के होश खो बैठता है ... कहते हैं, जो गवैया इस राग के पीछे पड़ा, दोनों जहान से गया ... चलो लिखो ... क्या कहते हैं ... मजद्द[4] अलफ़ सानी[5] बीच इस मसले के ...

गानी सारे गा मा पा धानी सारे धा ...

वह अब सरगोशी पर उतर आई थी। रात के बेकराँ[6] समन्दर में उसकी आवाज़ रौशन लकीर की तरह कभी इधर चमकती, कभी उधर दमकती ... किसी अनोखे नशे से उनकी आँखें मुँद-मुँद गईं ... जैसे दस मिलीग्राम की वलियम खा ली हो ... सारे दर्द थम-से गए। सब शोर मचाते, चीख़ते-चिल्लाते फ़लसफ़ी दम साधे बैठे थे।

देर ताना ना ना देम ...

तोम ताना नाना देम ... यारे मन बया ... बया आ आ आ ... इक़बाल के फ़लसफ़-ए-ख़ुदी[7] पर मज़मून तैयार करना है रात-भर में ... उठाओ

---

1. विभोर; 2. जादूगरनी; 3. ज़ालिम; 4. नये सिरे से; 5. दूसरा; 6. अपार; 7. अहंवाद का दर्शन।

क़लम ··· हर रोज़ अपने-आपसे लाखों सवाल करने पड़ते हैं ··· मगर जवाब के लिए सिगरेट चाहिए ··· और सिगरेट ? ··· कई दिन से ख़ाली सिगरेट की डिबिया मैले तकिये के नीचे धरे-धरे मुफ़लिस[1] के हाथ की तरह सिकुड़ गई थी ···

तो सिगरेट नहीं मिलेगा ··· ? वह सामने किताबों के ऊपर खेलती हुई छिपकलियों से पूछते हैं, मगर वे दोनों इश्कबाज़ी में मसरूफ़ हैं। छीना-झपटी में मस्त ··· इन बदमाशों पर भी दरबारी का असर हो रहा है। सीना पकड़ के खाँसते में उन्हें हँसी आ जाती है। उस वक़्त तो सारा कमरा जैसे किसी अनोखी मसर्रत[2] से भर गया था ··· मकड़ी के जालों, खटमलों, मच्छरों से आबाद उस कमरे में सिर्फ़ किताबें थीं। पलंग पर तकिये के नीचे, हर तरफ़ उर्दू, अंग्रेज़ी और फ़ारसी की किताबें फैली होती थीं। इतने फ़लासफ़रों की आवाज़ें, शाइरों का शोर, दानिशवरों की दलीलों के बीच, वह झलंगे पलंग पर बैठे, मैला चीकट तकिया गोद में दबाए झूम रहे थे ··· यारे मन बया ··· बया ··· आ आ आ ··· मद्धिम-मद्धिम-सा बजता हुआ तानपुरा और वह गाने वाली जैसे किसी के पीछे-पीछे चल रही हो ··· इल्तिज़ाएँ[3], धमकियाँ, बहलावे, तानें, पलटे ··· और फिर उसी दायरे की तरफ़ लौट आना ··· उसकी आवाज़ पहले झरना बनी और फिर बहती हुई नदी ··· और वह क़लम समेत डूबने लगे ··· हिचकोले खाने लगे ··· घबराके यूँ साँस ली, जैसे पानी में गोते लगा रहे हों ···

आज मारे गए मौज साहब ··· !

''अस्लाम-अलैक़ुम !''

''लो हसन आ गए ··· जान में जान आई ··· अब इस आवाज़ का जादू हसन की बकबक में टूट जाएगा ··· ''

''इतनी बदबू कहाँ से आ रही है ··· ? शायद कोई चूहा मर गया है। किसी मेहतर से कहकर कमरा साफ़ करवाइए न ···!'' हसन ने ख़ुशबू से मुअत्तर[4] रूमाल निकालकर नाक पर रखा ···

''बदबू ··· ?'' उन्होंने बहुत ताज्जुब से हसन की तरफ़ देखा। इस

---

1. दरिद्र; 2. प्रसन्नता; 3. प्रार्थनाएँ; 4. सुगंधित।

वक़्त तो मेरे कमरे में एक आवाज़ की ख़ुशबू बसी हुई है ··· ज़रा सुनो हसन मियाँ, क्या ग़ज़ब ढा रही है ज़ालिम ··· हाय हाय ··· '' वह अपने सफ़ेद बाल झटककर गानेवाली के साथ ताल देने लगे—बा लबम जानम, तू बया कि ज़िंदा मानम ···

बस अज़ाँ कि मन न मानम ···

''आवाज़ ··· ? कैसी आवाज़ ?'' हसन ने त्योरी पर बल डालकर ग़ौर किया ··· ऊँह ··· पड़ोस में कोई औरत तानपुरे पर रूँ-रूँ कर रही थी ··· यह पक्के राग उसे ज़हर लगते थे ··· और फिर यूनिवर्सिटी में पढ़ानेवाले नक़्क़ादों[1] का भला इन लग़्वियत[2] से क्या ताल्लुक ··· ? अगर यह साहिरा आज इसी तरह दरबारी का तराना गाती रही, तो तुम समझ लो कि इक़बाल के फ़लसफ़ा-ए-ख़ुदी पर तुम्हारा मज़मून रात में पूरा हो जाएगा !''

''क्या ··· ?'' हसन को हँसी आ गई।

मौज साहब वाक़ई अब सठिया गए हैं। जब ही तो लोग उनसे मिलते हुए कतराने लगे हैं। इस गंदे कमरे में क़दम रखना बड़ा मुश्किल काम था ··· जाने कैसे रहता है यह शख़्स यहाँ ? इस झिलंगे पलंग पर सामने काग़ज़ फैलाए बैठे रहते हैं ··· सामने एक छोटा-सा ट्रांज़िस्टर रख लिया है। खूँटी पर एक मैली शेरवानी और रामपुरी टोपी लटक रही है। कोने में पुरानी मैलख़ोरी सुराही और अल्मोनियम का गिलास रखा है ··· अलमारी में रखी हुई घड़ी में दो बरस से सात बज रहे हैं, जैसे आगे-पीछे उन्हें किसी तरफ़ देखने की ज़रूरत ही न हो। धान-पान-सा बदन, लंबे-लंबे सफ़ेद बाल, चेहरे पर बिखराए वह सिर झुकाए लिखे जाते हैं। कोई मिलने आ जाए, तो उसे पलंग की मैली चादर पर बैठने में बड़ी कराहीयत[3]-सी होती है। उनकी बला से वह अपने सूट की क्रीज़ ठीक रखने की ख़ातिर घंटों खड़ा रहे, वह बड़े इन्हिमाक[4] से बहस किए जाते थे। उर्दू-फ़ारसी के सैकड़ों अशआर[5] याद थे। यूरोप के तमाम नए-पुराने अदीबों को पढ़

---

1. समीक्षकों; 2. अनगर्ल बातें; 3. घिन; 4. लगन; 5. शेर।

रखा था। अदब की हर तहरीक और उसके अवामिल[1] पर नज़र थी। इक़बाल का फ़लसफ़ा-ए-ख़ुदी हो या गालिब की वजूदीयतपसंदी,[2] पढ़े-लिखे लोग हर मुश्किल मरहले[3] पर उन ही की तरफ़ दौड़ते थे। ग्यारह किताबें लिखी हैं, जिनमें से पाँच किताबें मुल्क के नामवर नक़्क़ादों[4] के नाम से छपी थीं। इसके बदले में दस रुपए का एक नोट किवाड़ की दराज़ में रखा उन्हें मिल जाता था।

"इक़बाल के फ़लसफ़ा-ए-ख़ुदी के लिए आपको राग दरबारी चाहिए।" हसन ने मुस्कुरा के कहा। "मैं तो आपको सरशार करने का सामान लेकर आया हूँ।" उसने ब्रीफकेस में से देशी शराब की बोतल निकाली। इस ख़ब्ती बुड्ढे से कुछ लिखवाने के लिए यह बोतल काफ़ी थी।

"यह तुमने अच्छा किया ⋯ " वह ख़ुश हो गए। अब तकिये की बजाय बोतल पर ताल देने लगे–

देरे ताना ना ना देम ⋯ तोम ताना नाना ना देम ⋯

"मगर हसन मियाँ ! बात कुछ और है। बाज़ मसाइल ऐसे हैं कि शराब में पानी न मिलाओ, तब भी दर्द दवा नहीं होता। ऐसी घोर अँधियारी में अभी मैं भटक रहा था कि अचानक दरबारी के सुरों ने उजाला-सा बिखेर दिया !"

यार मन बया ⋯ बया आ आ आ आ ⋯ गानी सारे गामा पा धानी ⋯ सारे धारे सानी पा धारे सा ⋯

वह गानेवाली के साथ सरगम अलापने लगे।

अभी वह अख़बार के दफ़्तर से अदबी कॉलम लिखकर आए थे। वहाँ चीख़ती-चिंघाड़ती मशीन दहशतनाक ख़बरें उगलती रहती है। खटाखट खटाखट ⋯ टेलीप्रिंटर एक ताल, एक सुर में कागज़ आगे सरका रहा था। सारी दुनिया में फैली हुई दहशत, बेईमानी और ज़ुल्म के धमाके उनके सिर पर बरसते रहते थे।

---

1. यहाँ भाव है : साहित्य की हर प्रवृत्ति और आंदोलन; 2. अस्तित्ववादप्रियता; 3. पड़ाव; 4. समीक्षकों।

कमरे में आकर उन्होंने ट्रांज़िस्टर खोला और काग़ज़ सामने रखा ···

"इक़बाल का फ़लसफ़ा-ए-ख़ुदी ··· "

ईरान जानेवाला प्लेन हाईजैक कर लिया गया। एक सौ पचास आदमी ··· ग़रीब ··· सादा व रंगीं है दास्ताने-हरम[1]

··· खटाखट ··· खटाखट ···

तोम ता ना ना ना देम ··· यारे मन बया ··· बया ··· बया आ आ आ ··· आज सवेरे श्रीमती इंदिरा गाँधी पर तीस गोलियाँ चलाई गईं ···

निहायत उसकी हुसैन इब्तदा[2] ··· पस अज़ आँ के मन न मानम, ब चे कार ख़ाही आमद[3] !

यह आज मालूम हुआ कि मौसूफ़[4] मूसीक़ी[5] से भी शग़फ़[6] रखते हैं ! हसन ने ताज्जुब से उन्हें खरजदार आवाज़ में गुनगुनाते देखा।

"आपने संगीत कब सीखी ?"

"कभी नहीं ··· राग तो ख़ुद ही मेरे अंदर उतर जाते हैं। सच्ची बात तो यह है कि अच्छा राग और अच्छा शे'र हमें पछाड़ देता है। कमज़ोर आदमी हैं। हार मान लेते हैं।"

उन्होंने मौलाना रोम की मसनवी के वर्क़[7] पलटते हुए कहा, "बस अपना मुआमला ऐसा ही चलता है ··· हा हा हा ··· " टूटे हुए दाँतोंवाला स्याह मुँह खोलकर वह हँसे, तो हँसते ही रहे। हसन को ताज्जुब हुआ। आज जाने क्यों खिले जा रहे हैं मौसूफ़ ··· ! कहीं से सैर[8] होकर आए हैं। ख़ब्ती हैं। घरवाले आजिज़ आ गए। हर बात उलटी। हमेशा मुख़ालफ़त सम्त[9] चलने पर इसरार[10] ··· बेटे ऊँचे ओहदों पर हैं। उन्हें एक शानदार कमरा, ख़ूबसूरत लाइब्रेरी बनाकर दी, मगर दो-चार दिन बाद ही किताबें

---

1. राजमहल की कथा; 2. आरंभ; 3. जब मैं मर जाऊँ तो उसके बाद तेरे आने का क्या फ़ायदा !; 4. प्रशंसित व्यक्ति; 5. संगीत; 6. रुचि; 7. पन्ने; 8. मनोविनोद; 9. दिशा; 10. आग्रह।

फ़र्श पर ढेर हो गईं। कालीन पर पीक के धब्बे ··· बीवी को उनकी हर बात में ऐब नज़र आता था। बच्चों से अनबन ···

बस पहुँचा दिए गए अपने ठिकाने पर ···

''हमारा मुआमला ऐसा ही चलता है ··· '' वह ज़ोर-ज़ोर से टाँग हिलाने लगे ···

''मेरा बाप कट्टर मौलवी था ··· उसने मुझे मार-मारकर क़ुरान शरीफ़ पढ़ाया, मगर ख़ुदा मेरी समझ ही में न आता था। फिर मैंने नरगिस को देखा, तो ख़ुदा के वजूद का क़ायल हो गया !''

हा हा हा ··· इस बार हसन के कहकहे से खेलती हुई छिपकलियाँ सहम गईं।

''तो आप अपने ईमान को मज़बूत करने के लिए कितनी बार मिले नरगिस से ··· ?''

''कभी नहीं !'' उन्होंने चौथी बार ख़ाली डिबिया में सिगरेट ढूँढा, ''मिलता तो वह मेरे लिए ख़्वाब बनकर खो जाती।''

''ख़ूब !'' हसन ने रूमाल से पंखा झलते हुए सोचा। कमरे की बदबू नाक़ाबिले-बर्दाश्त थी।

''कल आपके साहबज़ादे इसहाक मिले थे। उन्हें बड़ा दुःख है कि आप घर छोड़कर इस गंदे कमरे में तनहा पड़े रहते हैं।''

''हाँ यार, हम तो डाल से टूटे हुए हैं। फिर शाख़ से कैसे जुड़ेंगे ?''

''क्या लड़ाई हो गई है दोनों बेटों ··· ?'' हसन ने सिर पर भिनभिनाने वाले मच्छरों को रूमाल से भगाना शुरू किया।

''लड़ाई तो हुई है ··· मगर अपने-आपसे !'' उन्होंने ज़मीन पर कुछ देखते हुए कहा। ''हमने तय कर लिया है कि कुछ नहीं, हमें कुछ नहीं चाहिए ! बस लिखेंगे, पढ़ेंगे ··· मेरे घरवाले जिसे ऐश कहते हैं, वह मुझे हज़्म नहीं होता ··· अब देखो, तकिये के नीचे हाथ डालते हैं, मगर सिगरेट नहीं मिलता ··· सिगरेट न मिले, तो क़लम थामना पड़ता है ··· हा हा हा ··· समझ गए न हमारी बात ··· ?'' वह टूटे दाँतोंवाला मुँह खोलकर

हँसने लगे ...

हसन ज़रा दूर सरक गया ... आज शराब उनके दिमाग़ पर चढ़ गई है। वह समझ गया।

"आप तो मारिफ़त[1] की मंज़िलें तय कर रहे हैं ... " हसन ने सिगरेट-केस निकालकर उन्हें ऑफ़र किया ... लाइटर का शोला एक सेकंड के लिए उनके चेहरे पर झुका और बिखर गया ...

"मंज़िलें ... ? मुझे तो कोई मंज़िल नहीं मिली ...." उन्होंने सिगरेट का बड़ा-सा कश खींचा, "यक़ीन के आगे, न ग़ुमान के पीछे ... जिस वक़्त जिस चीज़ के लिए जी तड़पा, वह नहीं मिली !

"फिर मेरे लिए इसमें कोई कशिश नहीं रहती।" सिगरेट उनकी काँपती हुई उँगलियों में लरज़ रहा था और वह ज़मीन के अंदर, बहुत नीचे देख रहे थे ... "अब तो अपनी हर ख़्वाहिश को मैं ख़ुद ही फ़ना[2] करता रहता हूँ ... आहिस्ता-अहिस्ता ... बस, अपना मुआमला ऐसे हीं चलता है ... हा हा हा ... "

हसन मज़मून लेकर चला गया।

शाम हुई ...

वह सूरज के साथ-साथ नीचे उतरे ... सारा शहर रौशनियों से जगमगाने लगा ... अगर आज वह न गाए तो ... ? उनके अंदर अँधेरा बढ़ने लगा। फिर दिल ने गड़बड़ शुरू कर दी। दिल को तो बिगड़ने का बहाना चाहिए। डाक्टर की तरफ़ भागना पड़ा। बहुत देर तक बैठे ... सैकड़ों मरीज़ डाक्टर का इंतज़ार कर रहे थे ...

"बा लबम रसीद जानम, तू बया कि ज़िंदा मानम ... तू बया कि ... आ आ आ ... अरे वह गा रही होगी ... !" सीढ़ियाँ फलाँगते, मोटर-साइकिलों से टकराते, कमरे तक आए, तो पसीने में सराबोर ... दिल पर कोई टेलीप्रिंटर आन लगा था ... खटाखट ... खटाखट ...

"अगर आज वह न गाए तो ... ?

---

1. अध्यात्म; 2. नष्ट।

किवाड़ के बीच में एक चिट्ठी लगी थी ··· दस रुपये के नोट के साथ ···

"कल सुबह रसाले को मज़मून भेजना है ··· करम कीजिए ··· मुआवज़ा पेशगी हाज़िर है।—दानिश।"

कमरे में आते ही भूखे-प्यासे मच्छरों ने उन्हें घेर लिया। ···

"अगर आज वह न गाए तो ··· ?" उन्होंने सुराही पर बैठी हुई छिपकली से पूछा ! "चा ··· चा ··· चा ··· " वह बड़ी-बड़ी आँखें निकालकर ग़ुस्से से बोली।

"लिखो ··· लिखो ··· गेयटे और इक़बाल के फ़लसफ़ा-ए-ख़ुदी पर बहस करो ··· राग रंग के मज़ों में पड़ गए, तो कल दस रुपए वापस करने होंगे ··· भटियारख़ानेवाला अब उधार खाना नहीं देगा ··· !"

वह सीना पकड़े पलंग पर बैठ गए ··· छाती का दर्द और बढ़ गया।

धक ··· धक ··· धक ··· कोई सीने पर घूँसे मार रहा था।

तकिये के नीचे दर्द की गोली ढूँढी ··· वह तो कब की ख़त्म हो चुकी थी।

तकिये के नीचे ठर्रे की बोतल रखी थी ··· किताबें एक तरफ़ सरकाके उन्होंने बोतल उठा ली।

"अब यही इलाज है हमारा ··· लो, जश्ने-तरफ़[1] का एहतिमाम[2] हो गया।

यारे मन बया ··· बया आ आ आ ···

माथे से पीसना पोंछकर बोतल खोलते हुए उन्होंने खिड़की से बाहर देखा। दम घुट रहा था, जैसे किसी ने मुट्ठी में जुगनू दबा रखा हो ···

मुट्ठी खोल दो ···

"अगर आज वह न गाए तो ··· ?"

टूटी दीवार के उस पार सन्नाटा था। उकताकर उन्होंने ट्रांज़िस्टर खोल दिया ··· "आज देहली में भारत की चौदह ज़बानों के लेखकों को साहित्य

---

1. नया उत्सव; 2. प्रबंध।

अकेडमी पुरस्कार से सम्मानित किया गया ... ''

ऊँह ... कोई काम की ख़बर नहीं ... दर्द की एक गोली मिल जाती अगर ... या फिर वह दरबारी का तराना शुरू कर दे ... दर्द थम जाएगा ज़रूर ... बेक़रारी से सीना मलते में उन्होंने गेयटे का 'फाउस्ट' उठाया ...

''हम किसी जगह न पहुँच सके ... हमने सारे दर खोल दिये ... ''

''ठहरो ... अभी ऐसा लगा, जैसे किसी ने तानपुरा छेड़ा हो ... ''

यह आज मुझे क्या हुआ जा रहा है ... अचानक किसी ख़ौफ़ ने उन्हें आ घेरा ... तलब की ऐसी चाह तो कभी नहीं जागी थी ... नहीं ... अब वापस जाना होगा ...

लिखो ... लिखो ... लिखो ... दिल में उठते हुए तूफ़ान को एक हाथ से सँभाला। दूसरे हाथ से क़लम टटोलने लगे ... यह बड़ा मूज़ी[1] राग है ... आदमी होशो-हवास खो देता है, धीरे-धीरे क़लम काँपती उँगलियों से छूट गिरा ...

अचानक हवा के झोंके के साथ दरबारी के सुर उनके कमरे में आ घुसे ... बहलावे ... तानें ... पलटे ...

देर ताना ना ना देम ...

तोम ताना ना ना देम ... यारे मन बया ... बया ... बया ... आ आ आ ... गानेवाली की आवाज़ उन्हें झँझोड़ रही थी।

जिस वक़्त जिस चीज़ के लिए दिल तड़पा, वह नहीं मिली। फिर उसमें कोई मज़ा नहीं रहा हमारे लिए ... हा हा हा ...

निहायत उसकी हुसैन ... इब्तदा ... काग़ज़ पर अधूरा मिसरा लिखा हुआ था। उनके सीने पर 'फाउस्ट' खुला पड़ा था और दरबारी के झुँझलाए हुए बेक़रार सुर उन्हें बहलावे दे रहे थे ...

ब चे कार खाही आमद ... यारे मन बया बया ... आ आ आ ...

---

1. दुःखदायी।

अपने मरने का दुःख

"यार सादिक़ ! बड़े अफ़सोस के साथ तुम्हें इत्तिला दी जाती है कि तुम्हारा इंतकाले-पुर-मलाल[1] हो चुका है ... " फ़ोन पर सादिक़ का दोस्त मुनीर कह रहा था।

"क्या ... ? तुम क्या कह रहे हो मुनीर ?" सादिक़ झुँझला गया। यह शख़्स हमेशा यूँ ही फ़ोन पर मज़ाक करता है।

"यह कह रहा हूँ कि तुम्हारे घर से टेलीग्राम आया है। वहाँ तुम्हारे मरने की इत्तिला पहुँच गई है। वह जो कल प्लेन गिरा है न ! उसमें तुम मर चुके हो। अब वी.सी.आर. पर नंगी औरतों को देखना छोड़ो और मिट्टी में मिलने को तैयार हो जाओ !" मुनीर ने खट से फ़ोन रख दिया।

— ... ? मैं मगर गया हूँ ? ... अपनी मौत का नाम सुनते ही वह ख़ौफ़ के मारे लरज़ने लगा। उसने फ़ोन हाथ से यूँ रखा, जैसे दरख़्त से शाख़ कटकर गिरती है। ... मैं मर चुका हूँ ... अम्मी, अब्बा, सुरैया सब मुझे लेकर रो चुके हैं ... ?

वह मुँह खोले, आँखें फाड़े चारों तरफ़ देखने लगा ... मेरा मरना इतनी मामूली-सी बात है क्या ! उसने जब भी अपनी मौत का तसव्वुर[2] किया, तो ज़मीन व आसमान अपनी जगह हिल गए थे, पूरी काइनात तह व बाला[3]-सी हो गई थी ... अभी कल तक वह कितना ख़ुश था ... वह जिस

---

1. शोकपूर्ण निधन; 2. कल्पना; 3. तबाह व बरबाद।

प्लेन से इंडिया जानेवाला था, वह गिर गया और ख़ुशक़िस्मती से सादिक़ उसमें सवार नहीं हुआ था। मौत उसके सिर पर से गुज़र गई थी ··· सारी रात सादिक़ इस वाक़िया की तफ़सील सुरैया को लिखता रहा कि कैसे ऐन वक़्त पर उसकी सीट कन्फ़र्म न हो सकी, और वह बाल-बाल बच गया ···

लेकिन अब तुम मर चुके हो। बड़े अफ़सोस के साथ तुम्हें इत्तिला दी जाती है कि तुम्हारा इंतक़ाले-पुर-मलाल हो चुका है ··· उसके दोस्त मुनीर की आवाज़ चारों तरफ़ गूँज रही थी।

उसने अपने ज़िंदा होने का यक़ीन करना चाहा। सामने पड़े हुए सुरैया के ख़त को उठाना चाहा, लेकिन मरे हुए इनसान का हाथ कहीं उठ सकता है !

"तुम मर चुके हो ··· " चारों तरफ़ से मुनीर की आवाज़ गूँज रही थी, क्योंकि उसी प्लेन में उसका हमनाम एक और सादिक़ सवार हो चुका था, जिसने अपने साथ सादिक़ की ज़िंदगी भी जलते हुए प्लेन में झोंक दी थी। अब वह अपने प्यारों के लिए मर चुका है।

इस बात का यक़ीन न करने के लिए क्या रह गया है। यह अमेरिकन सेंट की ख़ुशबू में महकता हुआ सूट, सात हज़ार रियाल रुपए कमानेवाला जफ़ाकश[1] बदन, सुरैया की मुहब्बत में सरशार[2] दिल ··· इन सबको लोग मिट्टी में मिला चुके हैं।

सादिक़ घबराहट के मारे ··· घुटने लग ··· ग़लती मेरी है ··· मैंने सुरैया को लिखा था, 25 को आ रहा हूँ, मगर सीट अभी कन्फ़र्म नहीं हुई है। मुझे फ़ौरन दूसरा ख़त भेजना चाहिए था। ज़रा-सी ग़लती क्या हुई कि लोगों ने उसे मार डाला ··· पहले मेरी मौत की तसदीक तो कर लेते, और उस मुनीर को देखो, मेरा मज़ाक उड़ा रहा है। घर में कैसा कुहराम मचा होगा। उसने लरज़कर सोचा। अब्बा दिल के मरीज़ हैं। अम्मी को हाई ब्लड प्रेशर है और सुरैया? आज सुरैया तो ग़म के मारे पागल हो गई

---

1. परिश्रमी; 2. परिपूर्ण।

होगी ··· सुरैया को हासिल करने के लिए उसने पाँच बरस तक उसके बाप की ख़ुशामदें की थीं और फिर अपने नाम के साथ क्लर्की का दाग़ मिटाने के लिए वह घर से इतनी दूर आ गया था। माँ-बाप, बीवी-बच्चों को छोड़कर अकेला इस सहरा[1] में रेत के ज़र्रे की तरह तप रहा था। दोज़ख़ की तरह भड़कती हुई लोहे की भट्ठी में वह दिन-भर काम करके निकलता, तो चेहरा सुर्ख़ हो जाता था। हाथ-पाँव काँपते थे। रात दूसरी दोज़ख़ में गुज़ारनी पड़ती। अरब की जानलेवा गरमी में वह रेत के ऊपर टेंट के नीचे सारी रात गुज़ार देता था। अपने ख़ानदान को सुख की छाँव में बिठाने के लिए वह सोते-जागते उन दिनों के ख़्वाब देखता, जब सुरैया सचमुच उसकी बाँहों में होगी। दोनों बच्चे उसकी गोद में बैठे होंगे। वह अपने घर में फ़ोम के गद्दे पर फ़ैन के नीचे लेटा होगा। उसका घर उसकी ज़न्नत था। ··· छुट्टियों में घर जाता था, तो जी चाहता, सारा दिन बिस्तर पर लेटा रहे। छुट्टियाँ ख़त्म होने के ख़याल से जी घबराता था।

"एक हफ़्ते की छुट्टी और बढ़ा लूँगा," वह ख़ुश होकर सुरैया से कहता था।

"कितनी तनख़्वाह कट जाएगी ··· ?" सुरैया घबराकर पूछती।

"कटने दो ··· तुम्हें छोड़कर जाने को जी नहीं चाहता," सुरैया को अपनी तरफ़ खींच लेता।

अब सुरैया बेवा हो गई है ··· मैं उसके लिए मर गया हूँ।

घबराकर उसने सुरैया के तसव्वुर को दूर ढकेला ···

सामने सऊदी एयर लाइन का कैलेंडर लगा था। जद्दा एयरपोर्ट की शानदार इमारत अँधेरे में जगमगा रही थी। यह रौशनियाँ जो आज हर नौजवान के ख़्वाबों में झिलमिलाती हैं, सादिक़ ने भी छह बरस तक धक्के खाए थे यहाँ पहुँचने के लिए ! नौकरी दिलानेवाले एजेंटों ने चकमे दिए। अजीज़-रिश्तेदारों ने बरसों नौकरी दिलाने के बहाने अपने आगे झुकाए रखा। सुरैया ने दिन-रात ग़रीबी के तानों से कलेजा छलनी किया। अम्माँ,

---

1. मरुस्थल।

अब्बा को उससे बढ़कर कोई नाख़लफ़[1] नज़र नहीं आता था।

उसके पड़ोसी अकरम साहब दुबई गए, तो अचानक उनके सारे घर का रंग निखर गया। टूटा-फूटा खपरैल का कमर-झुका घर सरसों के पौदे की तरह रातों-रात ऊपर उठता गया। अकरम के यहाँ से जब टेप-रिकार्ड पर मेहदी हसन के गाने की आवाज़ आती थी, तो सादिक़ को जाने क्यों ग़ुस्सा आता था। उनके यहाँ ग्राइंडर पर बादाम पीसे जाते, तो अम्मी की कमज़ोरी बढ़ जाती। सुरैया ने अकरम की बीवी से दोस्ती कर ली। सिलकिन साड़ियाँ और चमकती हुई मैक्सियाँ पहनकर जी क्यों जलाती है वह ··· मगर अब क्या होगा ··· ?

कहीं अब्बा इस सदमे से मर न जाएँ ! वह भागता हुआ अपने बॉस के कमरे में पहुँचा।

"सर ! मुझे एक अर्जेंट कॉल इंडिया को बुक करना है।"

"क्यों ? ख़ैरियत तो है न ?" सादिक़ का आँसुओं से भींगा हुआ चेहरा देखकर उसका अमेरिकन बॉस घबरा गया कि कहीं माँ के मरने की झूठी ख़बर सुनाकर एक महीने की छुट्टी न माँग बैठे। वह इन हिंदुस्तानी कामचोर छोकरों की रग-रग से वाक़िफ़ था।

"क्या बताऊँ सर, अजीब बात हो गई है।" सादिक़ ने हकलाते हुए कहा, "वह जो प्लेन का हादसा हुआ है न ··· मैं उसी प्लेन में इंडिया जानेवाला था। मेरे मरने की इत्तिला मेरे घर पहुँच गई है ··· " बात ख़त्म करके वह रो पड़ा, जैसे अपनी मौत का दुःख उसके लिए नाक़ाबिले-बर्दाश्त हो।

"हा हा हा ··· फैंटास्टिक ··· !" बूढ़ा अमेरिकन हँसने लगा।

"तुम क्यों घबरा रहे हो ? ··· अभी फ़ोन मत करो ··· ज़रा अपने मरने का तमाशा देखो ··· " उसके बॉस ने फ़ोन उठाकर अपने पास रखा और झुककर फ़ाइलें उलट-पुलट करने लगा।

अपने मरने का तमाशा देखूँ। हुँह ! यह बेमुरव्वत सफ़ेद चमड़ीवाला

---

1. नालायक।

अमेरिकन क्या जाने कि इस वक़्त मेरे घर में कैसी क़यामत मची होगी ! यह साले तो अपने बूढ़े माँ-बाप को किसी आरामघर पहुँचा देते हैं। अब तक जाने कितनी बीवियों को तलाक़ दे चुका होगा ... जाने इसके कितने बच्चे यतीमख़ानों में पल रहे होंगे ...

"सर, मुझे डर लग रहा है," वह बेबसी से हाथ मलते हुए आहिस्ता से बोला, "मेरी बीवी कहीं इस सदमे से जान न दे दे !"

"ओह ... इतनी-सी ... " बूढ़े अमेरिकन ने ऐनक माथे पर सरकाकर ग़ौर से पूछा, "तो क्या इंडिया में मुस्लिम औरत को भी सती कर दिया जाता है," उसने आँखें फाड़कर पूछा।

अबे चुप साले, सादिक़ ने दिल-ही-दिल में उसे गाली दी। इंडिया में किसी भी औरत को सती करने के लिए मजबूर थोड़े ही किया जाता है। हिंदुस्तान की हर औरत शौहर के मरने के बाद ख़ुद ही मौत को तरज़ीह देती है ... मेरे बग़ैर सुरैया के लिए अब दुनिया में क्या रह जाएगा ? वह कितनी मुहब्बत भरे ख़त लिखती है ... सादिक़ के सामने बाल बिखराए, सफ़ेद कपड़े पहने, सूनी कलाइयाँ लिए सुरैया आ गई, जो रो-रोकर दीवारों पर अपना सिर पटक रही थी और सारे रिश्तेदार उसे थामे बैठे थे ... इसे थामे रहो ... मेरे आने तक कहीं वह अपने कपड़ों में आग लगाकर न मर जाए। अपनी मौत के सदमे से ख़ुद ही उसका कलेजा दहल रहा था। अब तक सुरैया अपनी हरी, लाल, पीली, नीली साड़ियाँ, ज़ेवर, मेक-अप का सामान जला चुकी होगी। अब्बा को किसी तरह होश नहीं आ रहा होगा।

सादिक़ घबराकर फिर भागा टेलीफ़ोन-बूथ पर, मगर इंडिया की लाइन नहीं मिली। अपने मरने का तमाशा देखो। बार-बार अमेरिकन बॉस की बात उसे याद आ रही थी ...

फ़ोन कौन उठाएगा ... ? सुरैया ... ? मगर वह तो ग़म की शिद्दत[1] से बेहोश होगी ... अम्मी ... ? उन्हें तो अब तक किसी क्लीनिक में दाख़िल

---

1. तीव्रता।

कर दिया गया होगा … अब्बा … ? भला अपने इकलौते बेटे के मरने की ख़बर सुनने के बाद क्या अब्बा अब तक ज़िंदा होंगे …

छह साल पहले जब वह घर से पहली बार चला था, तो उसके घर की छतें अम्मी की आँखों की तरह टपक रही थीं। दीवारें सुरैया की फटी साड़ियों की तरह मैली और बदसूरत थीं। ट्रेन में सवार होने से पहले वह बार-बार अपने दोस्त इमरान का हाथ पकड़कर कह रहा था, "घर का ख़याल रखना। अब्बा के पास आते-जाते रहना … "

सचमुच इमरान ने उस घर को सँभाल लिया। अब्बा हर ख़त में लिखते--इमरान बिलकुल तुम्हारी तरह हम सबका ख़याल रखता है। बिजली का बिल, घर का टैक्स, बच्चों की फ़ीस, सुरैया की नाज़बरदारी–हर ज़िम्मेदारी उसने अपने सिर ले ली थी, यहाँ तक कि अम्माँ और सुरैया के दरम्यान पैसा ख़र्च करने पर जो आए दिन खटपट होती थी, वह झगड़े भी इमरान को ही तय करने पड़ते।

दो बरस बाद एयरपोर्ट के लाउंज़ में सबसे पहले इमरान नज़र आया, जो उसके नए बच्चे को गोद में सँभाले हुए था।

दो बरस तक सहरा की ख़ाक छानने के बाद, घर के नरम गद्दे पर लेटने के बाद यूँ लगा, जैसे किसी और के घर आ गया हो। यही तो घर उसके ख़्वाबों में बसा हुआ था। यही सुख तो ज़िंदगी का आदर्श था। जी चाहता, सुबह बिस्तर से न उठे। कोई उसके सामने दुबई जाने का नाम मत लो।

बस अबकी बार ओवरटाइम कमाकर ख़ूब पैसे लेकर लौटूँगा। फिर कहीं नहीं जाऊँगा घर छोड़कर … मगर ओवरटाइम के नाम से ही पसीना आ जाता था। दिन-भर माथे से पसीना पोंछे बग़ैर काम करने के बाद, थोड़ी देर आराम क़िसे बग़ैर फिर काम में जुट जाओ। रात को बारह बजे लेटो, तो कमर टेढ़ी हो जाती है। हाथ-पैर काँपने लगते हैं, मगर सुबह पाँच बजे उठने का ख़ौफ़ सोने भी न देता था।

लो … आख़िर दुबई जाने का मनहूस दिन आ गया …

अम्माँ ··· इमाम ज़ामन बाँधकर कहतीं–"ख़ैरियत के साथ पहुँचो !"

"अबकी बार मेरे लिए सोने की चूड़ियाँ लाना ··· " सुरैया गले में बाँहें डालकर कहती।

"मेरे लिए बादाम ··· मेरे लिए गुड़िया ··· कपड़े ··· टेप-रिकार्डर ··· "

बहुत दिनों तक उसका काम में जी नहीं लगता था। सुरैया कितनी सेहतमंद हो गई है। बच्चे बड़े हो रहे हैं। अब्बा की तबीयत ठीक नहीं रहती। यह भी कोई ज़िंदगी है कि सुरैया उसे ख़्वाबों में मिले ··· बच्चों के फ़ोटो को प्यार करके जी बहलाए और उसके घर में हर तरफ़ इमरान दौड़ता फिरे ···

उसने फिर घर फ़ोन करने की कोशिश की।

वह जब भी घर जाता था, इतने दिनों की जुदाई पर सुरैया उसे ख़ूब जलाती, तरसाती थी। वह झूठ-मूठ के ग़ुस्से में हाथ झटक देती थी।

"अरी, देख तो मेरी जान, तेरे लिए क्या लाया हूँ।"

वह जेब में से सुर्ख़ काग़ज़ में लिपटी हुई सुनहरी चूड़ियाँ निकालता।

"अल्लाह ··· यह तो सोने की हैं ··· " वह ख़ुशी के मारे उछल पड़ती और चूड़ियाँ उसके हाथ से छीनकर बाहर की तरफ़ भागती।

"इमरान ··· इमरान ··· ज़रा देखो तो सादिक़ मेरे लिए क्या लाए हैं।" वह चूड़ियाँ पहनकर अपने गोरे हाथ इमरान की तरफ़ बढ़ा देती थी।

सादिक़ निहाल हो जाता था ··· उसकी ख़ुशी की ख़ातिर ओवरटाइम की सारी थकन उतर जाती थी।

इधर अम्माँ, अब्बा को तो जैसे जीने का हौका[1]-सा हो गया था। अपनी सेहत की फ़िक्र में घुले जाते थे। हर ख़त में ज़्यादा पैसे भेजने की फ़रमाइश होती। मेवा, मिठाइयाँ, दूध, बादा ··· सारा दिन दोनों सोचते रहते कि अब क्या खाएँ ··· कुछ न माँगता तो इमरान ··· इतनी ख़िदमत करने पर भी सिर झुकाए शर्मिंदा-सा कोनों में छिपता फिरता।

---

1. प्रबल इच्छा।

आज भी वही सबको सँभाले बैठा होगा।

उसके रोने की आवाज़ सुनकर टेंट में सोनेवाले लोग जाग पड़े, "क्या हुआ ... ? क्यों रो रहे हो सादिक़ भाई ?"

"मैं मर गया हूँ ... ?" वह चिल्लाने लगा।

"यार, इस आदमी का दिमाग़ कुछ सरक गया है आज ... " वे सब फिर सोने लगे।

"हैलो ... आप कौन साहब बात कर रहे हैं ?" सुरैया की आवाज़ सुनकर वह उछल पड़ा ... (अपने मरने का तमाशा देखो–बूढ़ा अमेरिकन उससे कह रहा था !)

"मैं ... मैं सादिक़ ... सादिक़ का दोस्त मुनीर बात कर रहा हूँ।"

"अच्छा, मुनीर भाई हैं ... मैं ख़ुद आपको फ़ोन करने वाली थी," (सुरैया कितनी पुर-सुक़ून हो रही थी ... नहीं, यह झूठ है, उसके मरने की इत्तिला घर नहीं पहुँची है।)

"मुनीर भाई, ज़रा यह मालूम कीजिए कि सादिक़ के प्रावीडेंट फंड का कितना रुपया है ? यह सब रुपया मुझे मिलना चाहिए।"

"बहुत बेहतर ... और कुछ ... ?" गालों से बहते हुए नमकीन आँसुओं ने उसका मुँह कड़वा कर दिया।

"जी, और कुछ नहीं कहना है। बात यह है कि मेरी सास और सुसुर[1] मुझसे बहुत लड़ाई-झगड़े कर रहे हैं रुपए के लिए। मैं बेचारी बेवा ... "

"बंद करो बकवास ... " उसने ग़ुस्से में फ़ोन पटक दिया। ख़ुदग़र्ज़, मक्कार औरत मुझसे मुहब्बत का नाटक खेलती रही। मेरे माँ-बाप को बदनाम कर रही है। क्या मेरी लाश के सामने बैठकर अम्मी-अब्बा मेरे रुपए को याद कर सकते हैं। इस औरत को अब तलाक़ देना होगा ... अभी अब्बा से बात करता हूँ ... ग़ुस्सा के मारे उसकी साँस फूल रही थी। हाथ-पाँव काँप रहे थे।

"हैलो ... (कहीं अब्बा मेरी आवाज़ सुनकर ख़ुशी के मारे मर न जाएँ।)

---

1. ससुर।

''जी ··· मैं ख़ालिक बात कर रहा हूँ—सादिक़ का दोस्त !''

''जीते रहो बेटा ··· (अब्बा की बेहद कमज़ोर—नहीफ़[1] आवाज़ आ रही थी) हम पर तो मुसीबत का पहाड़ टूट पड़ा है। हमारी बहू सादिक़ का तमाम रुपया ख़ुद लेना चाहती है। अब तुम ही बताओ, कि हम दोनों का खाना-पीना ··· ''

''जी ··· जी ··· '' सादिक़ की आँखों से फिर आँसुओं की धार बहने लगी।

''ख़ालिक मियाँ, कुछ तुम्हारा अंदाज़ा होगा, सादिक़ का कितना रुपया बैंक में ··· ''

''रुपया ··· ?'' उसने अपने होंठ दाँतों से काट लिए।

''मेरे सामने तो सादिक़ की लाश पड़ी है। यह बताइए, उसका क्या करूँ?'' (अगर अब्बा सामने होते, तो यह बात उनकी गर्दन पकड़कर पूछता।)

''उसे दफ़न कर दो बेटा ··· '' अब्बा ने बड़ी मुहब्बत और शफ़क़त[2] के साथ कहा।

---

1. क्षीण; 2. दया।

अब इंसाफ़ होनेवाला है

''खिड़की बंद कर दो,'' डाक्टर शाहिद हुसैन की गरजदार आवाज़ कमरे में गूँजती है।

''नहीं, नहीं, खिड़की खोल दो,'' अमीना आहिस्ता से कहती है। फिर दोनों हाथ ठोड़ी के नीचे रखकर आहिस्ता-आहिस्ता सिसकियाँ लेती है, क्योंकि वह हर वफ़ा-शिआर[1] बीवी की तरह अपनी सिसकियों को हल्क़ से नीचे उतार सकती है, क्योंकि डाक्टर शाहिद हुसैन हर मुहब्बत करनेवाले शौहर की तरह बीवी की सिसकियों को बर्दाश्त नहीं कर सकते। यों भी माहिरे-समाजियात[2] डाक्टर शाहिद हुसैन, जिस वक़्त लिख रहे होते, तो वह अपने-आपको बड़े अहम लगते थे। उनकी हर बात फूल होती, और हर फूल गुलाब ! ऐसे वक़्त दुनिया उन्हें बड़ी हक़ीर[3]-सी नज़र आती थी और अगर अमीना को देखना हो, तब उन्हें ··· मगर इसकी क्या ज़रूरत थी ?

अमीना ने प्याज़ की डली की तरह अपने ऊपर मसलहतों[4] और क़ुरबानियों के इतने परत चढ़ा लिए थे कि उसका अंत कहीं नहीं था और डाक्टर शाहिद हुसैन को उलझे धागों से बड़ी वहशत होती थी।

कई लफ़्ज़ दूसरों के मुँह से ख़ंजर की नोक बनकर निकलते हैं, और फिर कलेजे के पार ! ··· डाक्टर शाहिद हुसैन भी दिन में कई बार अमीना

---

1. निष्ठावान; 2. समाज-शास्त्री; 3. तुच्छ; 4. भलाइयों।

को क़त्ल करते हैं। फिर रात को जब उनका पुर-जोश सेहतमंद[1] बदन अमीना को अपने हिसार[2] में ले लेता है, तो अमीना मिसरी की डली बनकर घुलने लगती है, ख़त्म हो जाती है. मगर दिन का उजाला उसे फिर एक थकी हुई बीमार औरत के वजूद में अकेला पलंग पर पटक देता है। अब रात का समंदर शांत हो चुका था। इसलिए वे दोनों फिर अजनबी-से बन जाते हैं। कमरे की वुसअत[3] फैलने लगती है ··· माहिरे-समाजियात डाक्टर शाहिद हुसैन अपने खोल में बंद होकर हिंदुस्तान के समाजी हालात पर बहुत अहम पेपर तैयार कर रहे हैं। भला इतना अहम काम कहीं इस तरह हो सकता है कि बाहर की तेज़ हवा हर बार अपने साथ नए झमेले लाए और मेज़ पर रखा हुआ हिंदुस्तान के समाजी मसाइल का हल चारों तरफ़ बिखर जाए।

''खिड़की बंद कर दो,'' डाक्टर शाहिद हुसैन कहने से पहले हर बात को तोलते हैं, फिर बोलते हैं।

''खिड़की खोल दीजिए न !'' अमीना फ़रियादी लहजे में कहती है।

माहिरे-समाजियात डाक्टर शाहिद हुसैन इस बात को क्यों नहीं समझते कि खिड़की बंद हो जाए, तो ताज़ी हवा अंदर नहीं आती ··· ? और ताज़ी हवा अंदर न आए, तो कोई औरत ···

मर्दों की बात अलग है कि वह समाजी हालात पर ग़ौर करने के लिए एक नया सिगरेट काफ़ी समझते हैं, मगर औरत ज़ात अपनी खिड़कियाँ बंद कर ले, तो नए मसाइल अंदर कैसे आएँगे।

यूँ तो ताज़ी हवा घर में सुकून के साथ बैठकर काम करनेवाले सारे दानिशवरों[4] के लिए ही मुज़िर[5] है, मगर सबसे बढ़कर अमीना के लिए है। उसका दिल ज़्यादा ख़राब है या जिगर। गुरदे बदलना है या ख़ून, डाक्टर यह फ़ैसला नहीं कर पाते।

और यह सब मर्ज़ खुली खिड़की के रास्ते अंदर आते हैं ··· डाक्टर शाहिद हुसैन अमीना का इलाज करनेवाले डाक्टरों से यही बात कहते हैं,

---

1. जोश भरा स्वस्थ; 2. घेरा; 3. विस्तार; 4. विद्वानों; 5. हानिकारक।

और इसीलिए अमीना की इस ख़ौफ़ज़दा, बीमार, इल्तिजा[1] को डाक्टर शाहिद हुसैन हर बार अपने इल्म व दानिश की कैंची से काट देते हैं।

डाक्टर शाहिद हुसैन के साथ दुनिया के तमाम दानिशवर कम-से-कम एक बात पर ज़रूर मुत्तफ़िक़[2] हो सकते हैं कि खुली खिड़की के बेशुमार नुक़सान हैं। इसीलिए वह लोग हमेशा अपनी खिड़कियाँ बंद रखते हैं और उन लोगों तक अपनी बात पहुँचाने के लिए उनके महलों में लटके हुए सोने के घंटे मज़लूमों को बजाना पड़ते हैं, ताकि इन घंटों की आवाज़ सुनकर सारे शहर के लोग इकट्ठे हो जाएँ। चौंक पड़ें, कि अब इंसाफ़ होनेवाला है।

किसके साथ इंसाफ़ होनेवाला है?

यह नाक़ाबिले-यक़ीन मंज़र देखने के लिए अमीना भी बड़ी मुश्किल से उठती है। यूँ जैसे कोई अनजानी ताक़त उसे खींचे लिए जा रही हो। वह मज़बूती के साथ ग्रिर्ल पकड़ लेती है। इसके बावजूद कोई सिहर[3] उसे उड़ाके नीचे ले जाता है। अमीना के इस मर्ज़ की तफ़्सील कई बार डाक्टर शाहिद हुसैन ने डाक्टरों को सुनाई है और हर डाक्टर ने बड़ी तश्वीश[4] भरी नज़रों से अमीना को देखा है।

"आप ज़रा बाहर तशरीफ़ लाइए।"

वह जानती है, डाक्टर इतने ख़ौफ़नाक मर्ज़ का नाम उसके सामने लेना नहीं चाहते। वह यह भी जानती है कि डाक्टर शाहिद हुसैन अब उसकी तीमारदारी से थक चुके हैं। औरत की छठी हिस ने उसे समझा दिया कि डाक्टर शाहिद हुसैन का बिला-वजह का प्यार दरअसल उनकी नफ़रत का इज़हार है, क्योंकि प्यार में खोट का पता तो हर अहमक़-से-अहमक़ औरत को पल-भर में चल जाता है। इसीलिए अमीना बाज़ी हारने को तैयार नहीं। कोई-न-कोई मोहरा आगे बढ़ाए जाती है। हर औरत की तरह कोई-न-कोई खिड़की खोल लेती है।

हर बार खिड़की खोलने का मतलब यही होता है कि अब अमीना

---

1. प्रार्थना; 2. सहमत; 3. जादू; 4. चिंता।

ख़ौफ़ से हाँफती-काँपती पलंग पर गिर जाएगी। साथ ही उसका ब्लड-प्रेशर अपना तवाज़ुन[1] खो देगा। फिर उसकी कराहों में हिंदुस्तान के सारे समाजी मसाइल एक तरफ़ धरे रह जाएँगे और डाक्टर शाहिद हुसैन क़लम पटककर उठ जाएँगे, क्योंकि अब उन्हें अमीना के साथ बड़े-बड़े मुहब्बत भरे डायलाग्स अदा करने हैं।

"डर गईं मेरी जान ! आँखें खोलो। दवा ले लो !" डाक्टर शाहिद हुसैन पहले हर बात तोलते हैं, फिर बोलते हैं और बाज़-वक़्त तो सिर्फ़ तोलते रह जाते हैं। इसीलिए तो कमरे की दम घुटा देनेवाली फ़िज़ा में यह लफ़्ज़ बेगाना-सा लगता है। अब जिसका नाम प्यार है, इसलिए डार्लिंग आँखें नहीं खोलती और वह दवाओं की अलमारी की तरफ़ बढ़ते हैं। यह विटामिन 'बी' है। क़ुव्वत[2] बढ़ाने के लिए। यह क्रोमन ड्राप्स हैं, दिल को जगाने के लिए। दवाओं के ढेर हैं। डाक्टर शाहिद हुसैन को वह दवा ढूँढनी पड़ती है, जो अमीना को सिर्फ़ उस वक़्त खिलाना चाहिए, जब 'होटल फ़िर्दौस' के बैरे जूठी पतरौलियाँ सड़क पर फेंकते हैं और एक क़यामत का शोर उठता है। यह दुनिया का सबसे बड़ा दिलचस्प तमाशा है। अमीना उस वक़्त का बड़ी बेचैनी से इंतज़ार करती है, जैसे एक भारी पत्थर उसके सिर पर गिरनेवाला हो ··· फिर खिड़की खोलते ही उसे जाने क्या हो जाता है, कि वह ख़ुद भी फिसलती हुई उस हुजूम में मिल जाती है।

जूठी पतरौलियाँ चाटने के लिए, पैरों तले मसले हुए चावल खाने के लिए धक्कापेल में उसका पाँव फिसल जाता है। लोग उसे रौंद डालते हैं ··· डाक्टर आदम ने अमीना की इस ग़ैर-यक़ीनी बीमारी को देखकर यहाँ हर मर्ज़ की दवा रख दी है।

घबराकर डाक्टर शाहिद हुसैन को अपने पड़ोसियों से मश्वरा करना पड़ा। यह तो पूरी कॉलोनी मुअज़्ज़ज़[3] लोगों की है। एक-से-एक मशहूर आदमी यहाँ रहते हैं। मशहूर सितार-नवाज़ बासु चैटर्जी, मशहूर

---

1. संतुलन; 2. ताक़त; 3. प्रतिष्ठित।

सोशल-वर्कर सोमनाथ रेड्डी, मशहूर डांसर उर्वशी ··· और मशहूर ··· मशहूर ···

इन शानदार फ़्लैटों में रहनेवाले सारे जीनियस लोग किसी-न-किसी ख़ौफ़नाक बीमारी में मुब्तला[1] हैं। अब अच्छी ग़ज़ाएँ[2] उनके लिए ज़हर बन चुकी हैं। वे होटल फ़िर्दौस के नीचे मिट्टी में मिले हुए चावल खानेवालों को बड़ी नदीदी[3] नज़रों ताक़ा करते हैं।

''इन कमबख़्तों को हार्ट-अटैक होता है, न बल्ड-प्रेशर बढ़ता है !'' मिसेज़ वहीदुद्दीन जलकर कहती हैं।

''मैं तो नीचे के शोर की वजह से सुबह रियाज़ नहीं कर सकता,'' बासु चैटर्जी हीरे की अँगूठियों वाले हाथ को लहराकर कहते हैं।

''मेरी नई दुल्हन घर में है। दिन-भर यह भिखारी हमारी खिड़कियों की तरफ़ ताका करते हैं,'' इंस्पेक्टर जमाल ग़ुस्से में कह रहा है।

''और मेरी बीवी ··· मेरी ··· मेरी बीवी तो इन भिखारियों को ··· ''

डाक्टर शाहिद हुसैन बात करने से पहले बात को तोलते हैं और कभी झुकते पलड़े को हाथ से थामना पड़ता है।

चुनांचे इससे पहले कि भैरवी के शुद्ध सुरों में कोई खोट आए, होटल फ़िर्दौस के मालिक से कहा गया कि वह इस तमाशे को बंद कर दे।

अब अमीना चुपचाप अकेली पड़ी रहती है। इतनी अकेली भी नहीं ··· डाक्टर शाहिद हुसैन की शख़्सियत पूरे कमरे में छाई रहती है।

अचानक चारों तरफ़ सोने के घंटे बजने लगे। अब किसी के साथ इंसाफ़ होनेवाला है। अमीना घबराकर उठी और गिरती-पड़ती दौड़ी। खिड़की की तरफ़, जिधर से फ़िर्दौस की हवा आती है, मगर अब होटल का मैनेजर जूठी पतरौलियाँ अमीना के फ़्लैट के सामने कूड़े के ड्रम में फेंकवा रहा है। इसलिए तमाम मुन्तज़िर[4] भूखी मक्खियों की तरह कूड़े के ड्रम पर टूट पड़े। पतरौलियों पर लगे हुए चावलों के साथ-साथ बहुत-सा कूड़ा-कर्कट

---

1. ग्रस्त; 2. ख़ुराकें; 3. मरभुक्खी; 4. प्रतीक्षरत।

भी चट कर गए। ख़ैर, इस बात पर किसी ने भी एहतिजाज[1] ज़रूरी नहीं समझा कि यह भूखों का अपना ज़ाती मुआमला था और एक जम्हूरी मुल्क में आप कौन होते हैं, किसी के फटे में टाँग अड़ानेवाले। इसीलिए तो इंस्पेक्टर जमाल अपनी दुल्हन को मार रहा है, तो मजाल है कि कोई मुहज़्ज़ब[2] पड़ोसी उधर पलटकर देखे, मगर अमीना को कहाँ क़रार[3] ! वह खिड़की की ग्रिल पकड़कर चिल्लाने लगी, ''इंसाफ़ ··· इंसाफ ··· जमाल अपनी दुल्हन को मार रहा है !''

''चुप ··· चुप ··· '' जमाल की अम्माँ ने आकर रोती हुई दुल्हन के मुँह पर हाथ रखा।

''तुम हट जाओ अम्माँ ! आज मैं इसका क़िस्सा ख़त्म कर डालूँगा,'' जमाल ने अम्माँ को हटाकर अपनी खिड़की बंद कर ली।

''अच्छा किया ··· '' डाक्टर शाहिद हुसैन ठीक कहते हैं कि पड़ोसी की खिड़की में नहीं झाँकना चाहिए। अब मजाल है कि कोई जमाल की दुल्हन की चीख़ें सुन सके। अब जमाल की फ़रियाद सुनने के लिए कोई सोने के घंटे बजाओ। बेचारा कितना मज़लूम[4] है। सुसुर ने पचास हज़ार का जहेज़ देने का वादा करके तीस हज़ार में एक दुबली-पतली लड़की सौंप दी और फिर सितम यह कि ईद की सलामी पर स्कूटर भेजी न मोटर ··· अगर खुले मुँह में लड्डू जानेवाले हों और पड़ जाएँ कंकर, तब कितना जी जलता है न ?

काँपते पैरों से खिड़की की ग्रिल पकड़े अमीना कब से मुन्तज़िर खड़ी है कि जमाल ने दुल्हन का मिज़ाज दुरुस्त किया या नहीं ! उसकी आँखों में अँधेरा छाने लगा। सीने से उठनेवाला धुआँ पूरे कमरे में फैलने लगा।

''आग ··· आग ··· '' अमीना चिल्लाने लगी। डाक्टर शाहिद हुसैन घबराकर उठे। हिंदुस्तान के समाजी निज़ाम पर लिखे हुए उनके काग़ज़ इधर-उधर बिखर गए। वह पहले खिड़की की तरफ़ आए और फिर अलमारी की तरफ़। उस दवा का नाम जाने क्या है, जो चिल्लाने का मंज़र देखनेवाली

---

1. रोष प्रकट करना; 2. सभ्य; 3. शांति; 4. जिस पर ज़ुल्म हुआ हो।

किसी लड़की को खिलाना चाहिए।

"टन ... टन ... टन ... " दरवाज़े की बेल बजती है।

"पुलिसवाले होंगे। गवाही लेने आए हैं। बस अब इंसाफ़ होनेवाला है," अमीना उठकर बैठ गई है, "हाँ, मैंने देखा है। पहले उसने जूते से ... और फिर ... "

"और फिर हमने खिड़की बंद कर ली," डाक्टर शाहिद हुसैन ने जल्दी से अमीना की बात छीन ली।

"बात दरअस्ल यह है इंस्पेक्टर साहब कि मैं बहुत मसरूफ़ आदमी हूँ। हिंदुस्तान के समाजी मसाइल पर ग़ौर करने से मुझे इतनी फ़ुरसत कहाँ मिलती है कि औरतों की चीख़ो-पुकार पर वक़्त ज़ाया ... "

डाक्टर शाहिद हुसैन पहले हर बात को तोलते हैं, फिर बोलते हैं। इसीलिए बाज़-वक़्त उन्हें डंडी भी मारनी पड़ती है।

फिर अमीना दो-तीन घंटे तक चुपचाप लेटी रही। जमाल की दुल्हन की ठंडी लाश की तरह। ... मगर जानवरों की तरह बाज़ इनसान भी दहशत की बू पा लेते हैं। वह घबराकर उठ बैठी ... "खिड़की खोल दो ... ख़ुदा के लिए ... " उसके लहजे में ख़ुशामद थी।

"ख़ुदा के लिए ... " डाक्टर शाहिद हुसैन ने क़लम रोककर बड़ी ग़ुस्सा भरी नज़रों से अमीना को देखा। उन्होंने ख़ुदा को कभी वक़्त पड़ने पर अमीना की तरह चाहा था और वक़्त निकल जाने पर अमीना की तरह नज़रअंदाज़ भी कर चुके थे। इसलिए उस वक़्त, उस चुपचाप कमरे की उदास फ़िज़ा में ख़ुदा का क्या काम था ... ? मगर शायद यह एक नई दुल्हन के जले हुए बदन की ख़ुशबू का असर था, जो सारे घर में फैली हुई थी। इसीलिए अमीना यह बात जान चुकी है कि अब डाक्टर शाहिद हुसैन सिर्फ़ उसके लिए कुछ नहीं कर सकते !

डाक्टर शाहिद हुसैन ने दुनिया के सारे मसाइल हलकर डाले, मगर औरत की गुत्थी सुलझाने के लिए उन्हें आज भी क़लम रोकना पड़ता था। कमरे की ख़ामोशी बढ़ने लगी। अमीना को यूँ लगा, जैसे वे दोनों वहम

की मद्धिम-सी धुंध में घुल रहे हों। अँधेरा फैल चुका है, मगर उस कमरे में रौशनी होने से भी क्या फ़र्क़ पड़ता है। डाक्टर शाहिद हुसैन काग़ज़ पर अपने ख़यालात का इज़हार हमेशा आँखें बंद करके करते रहे हैं और अमीना उनके चेहरे पर लिखी हुई तहरीर[1] अँधेरे में पढ़ने की आदी हो चुकी है। अब वह उस दवाओं भरे कमरे से बहुत दूर निकल आई है। उसे अपने कमरे का यह मंज़र एक पेंटिंग की तरह नज़र आ रहा है। डाक्टर शाहिद हुसैन एक पोर्ट्रेट थे। दायरों-ही-दायरों से बनाई हुई एक तसवीर !

होटल फ़िर्दौस के नीचे बैठनेवाली भिखारिन ज़ोर-ज़ोर से चिल्ला रही है। अमीना फिर नीचे की तरफ़ लौट आती है। उस पेंटिंग का एक हिस्सा बनने के लिए उस भिखारिन का बच्चा किसी हादसे में टूट-फूट गया था। कुहनियों के पास से हाथ मुड़े हुए, आँखों की जगह गड्ढे, और एक टाँग ग़ायब ! अमीना को यूँ लगा, जैसे किसी ने ग़ुस्से में उसे तोड़ डाला है। जब ही तो लोग भिखारिन पर पैसे फेंकते हुए जाते हैं। दूसरे भिखारी इस पर ख़ूब जलते। अपाहिज बच्चे की माँ बनकर मौज उड़ाती है साली ¨

मजबूरन अमीना को फिर उठकर खिड़की खोलनी पड़ी।

सामने वाले स्टॉप पर हर मिनट के बाद एक बस आकर रुकती है। लोग भागते हुए उसमें सवार हो जाते हैं, मगर वह लड़की क्यों नहीं जाती ! दस-ग्यारह बरस की एक ख़ूबसूरत-सी लड़की स्कूल यूनीफॉर्म पहने, गले में बस्ता डाले, जाने कब से अपनी बस का इंतज़ार कर रही है।

खड़े-खड़े अमीना के पाँव दुख गए, मगर वह उस बच्चे को अकेला छोड़कर कैसे जा सकती है ··· लो ··· उसे ले जानेवाले आ गए। एक ऑटो-रिक्शा रुका। चार गुंडे उतरे। उन्होंने बड़ी फुर्ती के साथ चीख़ती-चिल्लाती लड़की को उठाकर ऑटो में डाला और चल दिए। "उन्हें रोको ··· " अमीना चिल्लाई, मगर उसकी आवाज़ ट्रैफ़िक के उस सिपाही

1. लिखावट।

तक भी नहीं पहुँचेगी, जो बीच चौराहे पर खड़ा ग़लत रास्ता चलनेवालों को रोकता है। उसने ऑटो को नहीं रोका, क्योंकि वह लड़की वहीं जा रही थी, जहाँ उसे जाना चाहिए !

"इसे रोको ... इसे पकड़ो !" अमीना ने काँपते हुए डाक्टर शाहिद हुसैन से इल्तिजा[1] की और उन्होंने बेज़ार होकर समाजी काम की बहस को रोक दिया। खुला हुआ क़लम पैड पर रखा। सिगार ऐश-ट्रे में फेंका और उठकर खिड़की तक आए, मगर अमीना तो अब अपनी बीमारी सारे कमरे में घोल चुकी थी।

"अब कौन-सी दवा दूँ ?" वह फिलहाल बोलने के मूड में थे, न तोलने के, मगर अब कोई दवा काम नहीं आएगी। दस बरस की बच्ची और चार गुंडे ... दहशत के मारे अमीना कराहने लगी।

घबराकर डॉक्टर शाहिद हुसैन वह दवा ढूँढने लगे, जो ख़ून में लथपथ औरत को दम तोड़ते वक़्त देना चाहिए, मगर अमीना ने दवा का गिलास हाथ से झटक दिया।

"सोने के घंटे बजाओ न ... बजाओ न ... "

झुँझलाकर डाक्टर शाहिद हुसैन ने फिर खिड़की से बाहर देखा। दूर-दूर तक कोई खास बात नज़र नहीं आई। एक यही सड़क क्या, वह साल में कई बार किसी-न-किसी मुल्क में होनेवाले सेमिनारों में शिरकत करने जाते हैं, मगर उन्हें कहीं कोई ग़ैर-मामूली बात नज़र नहीं आती।

"इंसाफ़ ... इंसाफ़ ... " बेहोशी में अमीना बड़बड़ा रही है। दोनों हाथों में सिर थामे डाक्टर शाहिद हुसैन बैठ गए।

थोड़ी देर बाद किसी के रोने-चिल्लाने पर उन्होंने सिर उठाया। अमीना खिड़की की गिर्ल पकड़े बाहर की तरफ़ झुकी खड़ी थी और सिसकियाँ ले रही थी। अब उन्हें फिर दवा ढूँढने से पहले मर्ज़ तलाश करना है ... मालूम हुआ कि भिखारिन का अपाहिज बच्चा कोई उठाकर ले गया।

ममता की आग बुरी बला होती है। उसके रोने पर डाक्टर शाहिद

---

1. याचना।

हुसैन को भी अफ़सोस हुआ। कोई हद है। अभी चंद घंटे पहले इसी सड़क पर एक लड़की का अग़वा हुआ और अब एक बच्चे की चोरी।

अमीना हस्बे-आदत रोते-रोते बेहोश हो गई। डाक्टर शाहिद हुसैन ने घबराके उसे कई दवाएँ एकसाथ खिला दीं। डाक्टर आदम ने नए सिरे से उसके सारे चैक-अप किए और फिर डाक्टर शाहिद हुसैन का अहम-तरीन मक़ाला[1] तैयार हो गया—क्योंकि अब सड़क बिलकुल सुनसान पड़ी रहती थी। भिखारी की जगह एक नोते के पिंजरेवाला नुजूमी[2] बैठने लगा। इसलिए सारी कॉलोनी अपने नसीबों का हाल सुनकर सहम चुकी थी, मगर एक दिन उस नुजूमी की क़िस्मत पर भी ज़ुहल[3] का मनहूस साया मँडलाने लगा। अमीना ने देखा कि वही भिखारिन अपनी गुदड़ी सँभाले फिर आ गई और उस गुदड़ी में से उसने एक लाल निकाला ! साल-भर की दम तोड़ती हुई बच्ची—आँखों की जगह दो गढ़े, हाथ पीछे की तरफ़ मुड़े हुए ··· एक टाँग ग़ायब !

"खिड़की बंद कर दो ··· बंद कर दो अब ··· " अमीना ज़ोर से चिल्लाई ··· और ग्रिल छोड़कर धड़ाम से फ़र्श पर गिर पड़ी। माहिरे-समाजियात डाक्टर शाहिद हुसैन ने ऐनक नीचे सरकाकर बग़ौर सड़क पर देखा, मगर उन्हें इतना ख़ौफ़नाक मंज़र कोई नज़र न आया कि अमीना आज खिड़की बंद करने का फ़ैसला कर डाले ··· "उठो ··· उठो ··· अमीना ··· अब इंसाफ़ होनेवाला है।" वह हस्बे-आदत बोलने से पहले तोलने बैठ गए।

1. लेख; 2. ज्योतिषी; 3. शनि।

सच के सिवा

"तुम जो कुछ कहोगे, सच कहोगे, सच के सिवा कुछ न कहोगे !"

"मगर सच के सिवा तुम हर बात सुनोगे जज साहब," मैंने गर्दन उठाकर कहा। सच सुनते-सुनते जज साहब निढाल हो गए थे। उनके चेहरे की रौनक़ ख़त्म हो चुकी थी। सच के ख़ून ने उनके भारी-भरकम बदन को बल्ड-प्रेशर के तेज़ हथियारों से छेद डाला था। सच्चाई की गंदगी टटोलते-टटोलते उनके हाथ लरज़ने लगे थे। इंसाफ़ के कड़वे घोल ने उनके मुँह का मज़ा कड़वा कर दिया था।

मुल्ज़िम ज़ाकिर अली उर्फ़ गीदड़ ने एक तेरह साल की लड़की मासूमा को चाकू मारकर हलाक़ कर दिया। इस क़त्ल के बाद सारे शहर में फ़िरक़ादाराना[1] फ़साद फैल गया और ग्यारह आदमी हलाक़ हुए। "मुल्ज़िम ज़ाकिर अली उर्फ़ गीदड़, क्या तुम्हें अपनी सफ़ाई में कुछ कहना है? क्या तुम सो रहे हो? नहीं सुना … ? फिर सुनो … मुहल्ला नूर ख़ाँ बाज़ार में, जहाँ, 'अलम[2]' उठाए जाते हैं, एक लड़की मासूमा अपने ख़ानदान के साथ आई थी। मुल्ज़िम ज़ाकिर अली अपने पूरे गैंग के साथ वहाँ पहुँचा और जिस वक़्त 'अलम' उठाया जा रहा था, उसने मासूमा को चाकू मारकर हलाक़ कर दिया !"

"क्या तुम्हें अपनी सफ़ाई में कुछ कहना है?"

---

1. साम्प्रदायिक; 2. झंडा, पताका।

स्याह लिबास की स्याही में छुपा हुआ सरकारी वकील मुझसे पूछ रहा था। उस वकील ने हमेशा अपनी मुट्ठी गर्म करके हमें बेक़ुसूर साबित किया था, मगर आज वह मुझ पर फ़र्दे-जुर्म [1] लगा रहा था, जबकि मैंने कोई गुनाह नहीं किया।

''वह शहादत की रात थी,'' मैंने आहिस्ता से कहा।

''अच्छा ... ! यानी नौ-मुहर्रम की रात ... तो फिर ?''

''मेरे साथी वहाँ कब आए, मुझे नहीं मालूम ! मैं तो इमामबाड़े में अकेला गया था।''

''क्यों ? अकेले क्यों गए थे ?''

''जी, फ़ातहा करने ... दुआ माँगने ... ''

''हा हा हा !'' सरकारी वकील अपना स्याह कोट सँभालकर हँस पड़ा, ''तो उस दिन तुमने एक मामूम लड़की को क़त्ल करने की मन्नत मानी थी।''

''जी नहीं ... उस दिन मैं कोई धंधा नहीं करता। वह शहादत की रात थी न !''

''तो फिर ? फिर क्या हुआ ? आगे कहो !''

''आगे ... आगे क्या कहूँ ? ज़ुल्म की तारीख़ का आख़िरी बाब[2] तो क़र्बला में लिखा गया, मगर लोग मुझे आज अदालत में फिर मुजरिम बनाकर लाए हैं।''

''वह बहुत मासूम थी साहब ! मेरी समझ में नहीं आता और क्या कहूँ ?''

''सुन लिया आपने माई लार्ड ? मुजरिम इक़रार करता है कि वह लड़की मासूम थी, बेगुनाह थी।''

मैंने स्याही में लिपटे हुए उस स्याह इनसान को फिर देखा, जो मेरी सच्ची, उजली बात को मसलहत[3] की स्याही में डुबोकर झूठ बना रहा था।

मैं एक आदी मुजरिम था। जब मैं घर से भागा, तो एक शहज़ादा

---

1. अभियोग-पत्र; 2. परिच्छेद; 3. स्वार्थ।

था। आज़ादी की ख़्वाहिशों को हासिल करने के लिए बेक़रार। आपा ने एक शहज़ादे की कहानी सुनाई थी, जिसे अपने मक़सद की तरफ़ भागते वक़्त पीछे मुड़कर नहीं देखना था, मगर मैंने पीछे मुड़कर आपा की तरफ़ देख लिया था, और फिर मैं पत्थर बन गया। ऐसा बेहिस[1] इनसान, जो किसी को क़त्ल करते वक़्त प्यार से नहीं पुकारता। किसी औरत की इज़्ज़त लूटते वक़्त ज़ालिम शौहरों की तरह मुहब्बत का ढोंग नहीं रचाता। मैं एक़ ही वार में टुकड़े करने का आदी था, जैसे मैंने एक सैकेंड में फ़ैसला किया और मेरा चाकू मासूमा के कलेजे को काट चुका था।

"तुमने उस लड़की को क़त्ल क्यों किया?"

हम उस बस्ती में पहले कभी नहीं गए थे, जिसे जलाने के लिए हमें कल जाना था।

हमारे गुरु गैंडे को यह ऑर्डर मिला था। एडवांस रुपया भी मिल चुका था। इसलिए हमने रात को शराब मँगाकर ख़ूब मौज मनाई थी। अब हमें पेट्रोल के डिब्बे, लाठियाँ और नंबर प्लेट के बग़ैर कारें—हर चीज़ तैयार करनी थी। दिन-भर हम इस तैयारी में लगे रहे थे।

उस ग़ैर-आबाद गाँव के किनारे वीरान तबेले में हमारा ठिकाना था। यह किसी किसान का तबेला था। कभी यहाँ गाएँ-भैंस बाँधी जाती होंगी, मगर अब हमने उसे अपना ठिकाना बना लिया था। चोरी का माल, लड़ाई में काम आनेवाले हथियार, अग़वा की हुई औरतें और बच्चे सब यहीं छिपाए जाते थे। गैंडे ने दो-चार मरियल-सी गाएँ, बकरियाँ भी बाँध रखी थीं, ताकि गाँववाले उसे हमारा तबेला ही समझें।

पुलिसवालों की तरफ़ से हम बेफ़िक्र थे, क्योंकि गैंडे ने शहर के सारे पुलिसवालों को अपनी जेब में उतार रखा था। अब तो डी.एस.पी. साहब भी अकसर कार रोककर पूछते थे कि कोई ताज़ा माल है? और अगर कोई ताज़ा माल होता (जिसे हम कब का बासी कर चुके होते), तो हम झट से उनकी ख़िदमत में पेश कर देते, मगर लबड़-धों-धों में एक बार

1. संज्ञाहीन।

बेचारे डी.एस.पी. साहब बुरी तरह फँस गए। हुआ यह कि वह जिस ताज़ा माल को देखने अंदर पहुँचे, वह उनके किसी दोस्त की लड़की थी। वह सारे मिनिस्टरों के आगे चीख़ते फिरे कि मैं वहाँ इंक्वाइरी करने गया था, मगर उस लड़की ने बहुत शोर मचाया। बात पार्लीमान[1] तक गई और डी.एस.पी. साहब को एक साल के लिए नौकरी से हटा दिया गया। आख़िर हमारे गुरु गैंडे ने तिकड़म लगाकर उन्हें छुड़ाया।

चाकुओं को सान पर घिसने की आवाज़ से तंग आकर गैंडे ने कहा, ''बस करो यार, तुम्हें आदमियों को काटना है या भैंस-बकरियों को ? अरे, नाज़ुक-सी औरतों पर तो एक वार ही काफ़ी होता है।''

''हाँ, लेकिन मैं नाज़ुक-सी औरतों पर वार ही कब करता हूँ !'' कुत्ता हँसने लगा।

कुत्ता बड़ा नदीदा[2] था। औरत को देखते ही उसकी राल टपकने लगती। गुरु की सारी हिदायतें भूलकर उस पर एक ही धुन सवार होती कि किसी तरह औरत को उठाकर तबेले की तरफ़ भागे।

हमारे गुरु ने हम सबके नाम रख छोड़े थे। कोई कुत्ता था, कोई रीछ। इस तरह हमारे अस्ल नाम छिप गए थे और हमारी ख़ुसूसियत[3] ज़ाहिर हो जाती थी। हमारे गुरु में एक चीता था। सचमुच का चीता। उसका निशाना कभी ख़ाली नहीं जाता था। वह हवाओं में उड़ता। कई मंज़िलोंवाली बिल्डिंग से छलाँग लगाता। औरतों को उठाकर भागने में वह हम सबका उस्ताद था। इसलिए जब कभी नेताओं को शहर में दंगा-फ़साद कराना होता, तो भाव-ताव करने चीता ही जाता। हर बड़े फ़साद के बाद हमारे रेट्स बढ़ जाते, क्योंकि हमारा काम बहुत अच्छा होता था। हम तो साफ़ कह देते थे कि हम सच्चे और ईमानदार आदमी हैं। जो कहते हैं, उससे बढ़कर काम करते हैं। इसलिए नेताओं को हम पर भरोसा था। वे जानते थे कि हमारे दावे उनके वादों की तरह झूठे नहीं होते। ऐसे वक़्त हम बहुत ऊँचे हो जाते हैं। सिर झुकानेवालों के सामने ख़ुदा बन जाना सबको

---

1. पार्लियामेंट, लोकसभा; 2. मरभुक्खा; 3. विशेषता।

पसंद है और जब हम किसी पर ख़ुदाई कर रहे, तो जी चाहता है कि उन्हें कुछ दे दें, जिनके लिए दरवाज़े कभी नहीं खुलते।

''एक बात सुन लो तुम सब ! जब घरों में घुसो, तो जलाने से पहले औरतों को देख लेना !''

''मगर यार, तू औरतों पर वार ही कब करता है ! तेरे इस शौक़ के पीछे एक दिन हम सब फँस जाएँगे।''

रीछ की बात ग़लत नहीं थी। वैसे यह और बात थी कि शहर के पुलिसवाले भी हमें देखकर खड़े हो जाते थे। जबसे हमारा ग्रुप शहर में आया था, ख़ूब लड़ाई-झगड़े होते थे। सिर्फ़ एक बात थी कि ख़ूबसूरत लड़कियाँ हमारी कमज़ोरी थीं। जब फ़साद शुरू होता, तो हम अच्छी-अच्छी औरतों को अलग छाँट लेते और उन्हें उठाकर तबेले में ले आते। बाद में उनके टुकड़े करके किसी तालाब में फेंक देते या ज़मीन में गाड़ देते। यह हमारी हॉबी थी ··· पाँच बरस से हम यह खेल खेलते आ रहे थे।

बाज़ लोग कहते थे, ''ख़ुदा से डरो,'' मगर मुझे ऐसा लगता कि हमने जो घर जलाए थे, मैं उस आग में अपनी भी हर चीज़ जला बैठा था। इसीलिए तो मैं अपने-आपको भूल गया था। फिर भी कभी-कभी मुझे ऐसा लगता कि में पूरा पत्थर नहीं बना हूँ। किसी के सीने पर वार करते वक़्त महसूस होता कि मैं ख़ुद भी बोटियों में बिख़र गया हूँ। लोगों को मारना, उनके घर जलाना, चीख़ती-चिल्लाती औरतों को उठाकर भागना, यह बड़ा दिलचस्प खेल था और फिर कैसी थकन हो जाती है ! चाहे कितनी ही शराब पी लो, न तो नशा चढ़ता है, न नींद आती है। मैंने अपने ऊपर बहुत-से लबादे ओढ़े। फ़क़ीर बना। इलेक्शनवालों का काम किया। मुर्शिद[1] बनकर लोगों की मन्नतें-मुरादें पूरी कीं, मगर मुझ पर कोई लिबास फिट नहीं आया। शायद शराफ़त का कोई लबादा मेरे नाप का नहीं था।

''फ़साद सुबह ही शुरू हो जाए ! कल मुहर्रम की नौवीं तारीख़ है,'' गैंडा हमें हिदायत दे रहा था।

---

1. धर्मगुरु, पीर।

मुहर्रम की नौ तारीख़ ? ··· कहीं मेरे अंदर ज़ोरदार गरज हुई, मगर मैंने तो हर चीज़ भुला दी है। मुहर्रम की नौ तारीख़ भी। यज़ीद[1] ने मुझ पर नींद हराम कर दी थी। क़र्बला मुझे बुला रहा था और मेरे रास्ते में रेत ही रेत थी।

''कल मैं कोई काम नहीं करूँगा बॉस ! कोई और तारीख़ तय कर लो। कल अपन छुट्टी मनाएँगे !''

मैंने सान पर चाकू घिसते-घिसते दूर उछालकर फेंक दिया और तबेले की टूटी, गोबर में सनी सीढ़ी पर बैठकर सिगरेट सुलगा लिया।

आज के दिन घर में सबका रोज़ा होता था। घर का चूल्हा ठंडा पड़ा रहता। झाड़ू न लगती। मातम करते-करते अम्माँ और आपा की आँखें सूज जातीं। फिर मैं अब्बा की उँगली पकड़े-पकड़े एक घर से दूसरे घर की मजलिस [2] में जाता। नंगे पाँव, स्याह शेरवानी पहने। मुझे एक ही इंतज़ार होता कि कब मजलिस ख़त्म हो और फ़ातहा का मीठा शीरमाल [3] मिले, मगर एक दिन आपा ने ख़ूब डाँटा था, ''इमामों की शहादत के दिन ऐसी बातें ! तोबा कर उजाड़-सूरत !'' और डरके मारे हाथ से शीरमाल छूट गया था।

रात को माँ सोने से पहले हमें मज़हबी और तारीख़ी[4] कहानियाँ सुनाती थीं।

''एक फ़रिश्ते ने आदम को सजदा करने से इंकार कर दिया, तो फ़रिश्ते से शैतान बना। उसका नाम इब्लीस था।''

''मगर अम्माँ, इंसान तो फ़रिश्तों से बहुत ऊँचे हैं न ! क्या उस फ़रिश्ते ने हज़रत इमाम हुसैन की शहादत का क़िस्सा नहीं सुना था ?'' आपा सिर पर पल्लू डालकर कहतीं। आपा को इमाम हुसैन से वालेहाना[5] हकीदत[6] थी। वह कभी सिर ढाँपे बग़ैर उनका नाम न लेतीं।

---

1. अमीर मुआविया का लड़का, जो बड़ा ही बदचलन, शराबी, और अत्याचारी था और जिसने हज़रत इमाम हुसैन को शहीद कराया था, क्योंकि वह उसके शासन के विरुद्ध थे; 2. जलसा; 3. एक रोगनी रोटी, जो दूध में आटा गूँधकर बनती है; 4. ऐतिहासिक; 5. उन्मत्ततापूर्ण; 6. श्रद्धा।

"चुप बेवक़ूफ़ !" अम्माँ को ग़ुस्सा आ जाता, "अरे, शहादत का वाक़िया तो बहुत बाद में हुआ !"

"तो इब्लीस बाद में अल्लाह मियाँ से कहता कि अब मुझे आदम को सजदा करने की इजाज़त दो।"

आपा की इस ज़िद पर अम्माँ को हँसी आ जाती। मेरी आपा बड़ी मासूम थीं—बिलकुल हज़रत मरियम की तसवीर जैसी। नौ-मुहर्रम की रात को वह मातम करते-करते निढाल हो जाती थीं। फिर अम्माँ और आपा नंगी कलाइयाँ लिए, बाल खोले, स्याह चादरों में लिपटी, अलम पर फ़ातहा करने, नियाज़[1] चढ़ाने जाती थीं। पीछे-पीछे मैं सिर पर ख़ान[2] उठाए चलता। बग़ल में शर्बत की कोरी ठिलिया[3], सिर पर फ़ातहा की ट्रे ! तेरह-चौदह बरस की आपा के चेहरे पर उस दिन कैसी उदासी छा जाती थी, जैसे इमामों की शहादत का वाक़िया उसकी नज़रों के सामने हुआ है, मगर उस दिन वह अलम[4] के आगे स्याह चादर में अपना गोरा चेहरा छिपाए दुआ माँगते-माँगते जाने क्यों हँस पड़ी थी। उस रोज़ आपा रोते-रोते क्यों हँसी थीं ? वह हाथ फैलाए अल्लाह मियाँ से क्या माँग रही थीं ? यह बात मैंने आपा से बार-बार पूछी थी, मगर उस दिन घर आने के बाद आपा बहुत रोईं। जब मैंने आपा की मँगनी की अँगूठी चुराकर दोस्तों के साथ जुआ खेला था। बाद में मुझे अपनी हिमाक़त[5] का एहसास हुआ और मैंने अम्माँ के आगे कान पकड़कर क़सम खाई कि अब दोस्तों के साथ नहीं खेलूँगा, मगर अब्बा ने मुझे बहुत मारा।

"यह तो पक्का चोर है। गुंडा, क़ातिल, ख़ूनी बनेगा। मैं अब इसे घर में घुसने नहीं दूँगा।"

अगर अब्बा यह बात न कहते, तो मैं थोड़ी देर बाद घूम-फिरकर शायद घर पहुँच जाता, मगर अब तो मेरी अपने-आपसे लड़ाई शुरू हो गई थी। मैंने अपने ऊपर वार किए थे। हमेशा अपने-आपको लूटा था, जैसे अब्बा मेरे सामने खड़े हों और अपने बदन पर खचाखच चाकू मारकर

---

1. चढ़ावा; 2. स्थान; 3. गगरी; 4. पताका; 5. मूर्खता।

दिखा रहा हूँ, ''लो, देख लो, मैं कितना बुरा हूँ।''

बस इससे यज़ीद ने मुझ पर भी ज़ीस्त[1] हराम कर दी। मैं ऐसा प्यासा था, जिसके आगे किसी दजला-फ़रात का सराब[2] नहीं चमका। मेरी मंज़िल तपती हुई रेत थी।

जाने आपा की शादी हुई या नहीं, लेकिन मैं फिर कभी अपने घर की पाक दहलीज़ पर पाँव नहीं रख सका। कितनी ही बार रातों को मैंने अपने घर के गिर्द दीवानों की तरह चक्कर लगाए। अब वह घर मेरे लिए मुक़द्दस[3] बन गया था कि उसकी दीवारों को छूने की मुझमें हिम्मत नहीं थी। उस घर के मकीन[4] मेरे लिए एक ख़्वाब बन गए थे और मैं बंद आँखों में उन्हें थामे रहता था। मुझे डर लगता था कि मैं कहीं सचमुच अम्माँ या अब्बा को न देख लूँ। फिर वह मेरे लिए ख़्वाब की परछाइयाँ बनकर खो जाएँगे। आज सोचता हूँ कि मैं उन तबेले तक क्यों पहुँचा ? क्या सिर्फ़ अब्बा को जलाने के लिए ? वह घर में हर चीज़ के खो जाने पर मुझे चोर समझते थे। उन्हें यक़ीन था कि मेरे गुंडे दोस्त मुझे एक दिन जेल पहुँचाकर रहेंगे।

दूसरे दिन मैं सुबह को ही शहर आ गया।

सड़क के किनारे एक नल पर नहाया। कपड़े धोकर पहने। फूल और अगरबत्ती ख़रीदी और फिर सिर पर रूमाल बाँधकर इमामबाड़े की तरफ़ चला गया।

स्याह शेरवानी पहने, नंगे पाँव, नंगे सिर लोग एक मजलिस ख़त्म करके दूसरी मजलिस में जा रहे थे। सुर्ख़ आँखें, फ़ाक़े से निढाल चेहरे। यह कौन-सा दुःख था, जो सदियों से उन्हें रुला रहा था। सीने पर ख़ंजर मार-मारकर वे पुकार रहे थे—इब्नु-ज़्ज़हरा वावेला हुसैन हुसैन ··· जुल्म की अँधियारी में नेज़ों पर चढ़े हुए शहीदों के सिर वह रौशन चिराग़ थे, जो आज भी उन्हें मंज़िलों का पता बताते थे ··· मैं कहाँ जाऊँ ··· ? मैं भी आज उन लोगों में शामिल था, जिन्हें छोड़कर क़ाफ़िला आगे बढ़

---

1. जीवन; 2. मृगतृष्णा; 3. पवित्र; 4. निवासी।

गया ··· अब्बा की उँगली हाथ से छूट गई थी और हुजूम में खोए हुए बच्चे की तरह पुकार रहा था–हुसैन ··· हुसैन ··· या अली ··· मुश्किल-कशा[1] ! आज ज़मीन व आसमान से यही सदा गूँज रही थी। फिर ऊद[2] और लोबान क़ी ख़ुशबू ने मुझे घेर लिया। ऊद की ख़ुशबू सूँघते ही मेरा दिल डूबने लगता है, जैसे अम्माँ का डोला दालान में रखा हो, जैसे घर में मजलिस हो रही हो। जैसे क़र्बला के सारे शहीद तपती रेत पर पड़े हों। शायद मैंने किसी औरत के टुकड़े करके मिट्टी में दबा दिए थे ··· हुसैन ··· हुसैन ··· हुसैन ··· गुनाहों के बोझ से सिर झुकाए, थरथर काँपता हाथ जोड़े मैं मौला के दरबार में खड़ा हुआ था। हाथ फैलाए मैं एक ही नाम पुकारे जा रहा था, ''हुसैन ··· हुसैन ··· हुसैन ··· '' किसी के धक्का देने पर मैंने आँखें खोलीं। मेरे पास रीछ, चीता, गैंडा पूरी पलटन के साथ खड़े थे। ये सब आज बालानगर में लूट-मार करने की बजाय इधर क्यों आ गए ? शायद वहाँ सी.आर.पी. आ गई होगी। उन्होंने मुझे आँख मारी, तो मुझे ग़ुस्सा आ गया।

''यहाँ क्यों आ गए ? यह तुम्हारे आने की जगह नहीं है ?'' मैंने ग़ुस्से से कहा।

''एक तरफ़ को हो जाओ मियाँ ! इधर औरतें आ रही हैं,'' एक मौलवी साहब ने हमें शक भरी नज़रों से देखकर कहा।

काली चादरें ओढ़े दस-बारह औरतें और बच्चे अंदर आए। उनके साथ फ़ातहा के लिए ख़ान और शर्बत की मटकियाँ थीं। फिर उन औरतों को पीछे धकेलकर एक लड़की मेरे सामने आ खड़ी हुई। बारह-तेरह साल की एक गोरी-सी सेहतमंद लड़की स्याह चादर में अपने-आपको छिपाए, बग़ैर चूड़ियों वाली कलाइयाँ उठाए, हाथ जोड़े वह दुआ माँग रही थी ··· फिर चुपके-चुपके हँसने लगी ··· आपा ··· आपा ··· आपा ··· अरे, यह तो बिलकुल आपा थी ! उनकी तरह मजलिसों की दीवानी ! मर्सिये[3] पढ़ते में रो देती, दुआ माँगते-माँगते हँस पड़ती।

---

1. कठिनाइयाँ दूर करनेवाला; 2. अगरू; 3. शोक-गीत।

रीछ और चीते की नज़रें भी लड़की पर थीं, और घुप अँधियारी में चिराग़ की लौ जैसी चमकती हुई लड़की—हाथ फैलाए खड़ी थी।

मजमा बढ़ता जा रहा था। ऊद और लोबान की बू से मुझे चक्कर आने लगा। लोग ज़ोर-ज़ोर से चिल्ला रहे थे, ''या मौला अली मुश्किल-कशा ··· हुसैन ··· हुसैन ··· '' नौबत-नक्क़ारे ज़ोर-ज़ोर से बज रहे थे ··· फिर सिर पर रूमाल बाँधे, अपने-आपमें गुम एक-एक आदमी झूमता हुआ आगे बढ़ा और उसने अलम को उठा लिया। अब वह अलम समेत झूम रहा था।

और इसके साथ ज़मीन व आसमान झूम रहे थे। अब वह अलम उठाए बाहर दहकते हुए अँगारों पर नंगे पाँव चलेगा। अब्बा कहते थे, ''उस आदमी के पाँव नहीं जलेंगे। हुसैन की पनाह में आनेवालों पर कोई आँच नहीं आएगी। यह तमाशा देखने के लिए ख़लक़त[1] टूटी पड़ रही थी। मेरा दिल ज़ोर-ज़ोर से धड़कने लगा ··· अगर कोई जल गया तो? नफ़ीरी की उदास लय ढोल की आवाज़ के साथ तेज़ हो गई। लोग एक-दूसरे पर गिरते-पड़ते अलाव के गिर्द इकट्ठे होने लगे। सबकी नज़रें अलम उठानेवाले बढ़ते क़दमों की तरफ़ लगी हुई थीं, लेकिन मैं अपने दोस्तों की तरफ़ देख रहा था, जो उस लड़की को घेरने की तैयारी में लग गए थे। मुझे मालूम था कि रीछ की नज़र जब किसी लड़की की तरफ़ उठ जाए, तो उसका बच जाना नामुमकिन है। अब थोड़ी देर में यह लड़की तबेले पहुँचा दी जाएगी। बाज़ लड़कियों को तो हमने ठोकरें मार-मारकर हफ़्तों ज़िंदा रखा है। फिर उसके बाद अगर वह ख़ुद नहीं मरती, तो हम ख़ुद उसे ठिकाने लगा देते हैं। कभी कोई औरत बहुत शोर मचाती है, तो उसका मुँह बाँधना पड़ता है, मगर यह लड़की तो अभी बहुत छोटी है। ज़्यादा शोर नहीं मचाएगी। अभी तो वह हाथ फैलाए इमाम हुसैन से रंगीन चूड़ियाँ, मोतियों की माला और एक बाँका-सजीला, गुड्डे जैसा दूल्हा माँग रही है। वह क्या जाने, उसे ले जानेवाले बराती आ गए हैं। आज

---

1. जगत।

उसकी सुहागरात है। जब सात दूल्हा उसका घूँघट उठाएँगे ··· हुसैन ··· हुसैन ··· हुसैन ··· ख़ैर व शर[1] का मारिका[2] उरुज[3] पर था। आज शहादत की रात है। अब किसकी बारी है ? क़र्बला में कुहराम मचा हुआ है। आग के शोले लपक रहे थे। अँधियारा यलगार[4] कर रहा था।

इतने में रीछ और चीता लोगों को हटाकर लड़की के क़रीब पहुँच गए थे। यह हमारी ख़ास-चाल थी। हुजूम में घुल-मिलकर अचानक औरत के मुँह पर इस तरह हाथ रखते कि वह बेबस हो जाती और आस-पास खड़े लोगों को ज़रा भी पता न चलता। फिर कमर में हाथ डालकर औरत को इस तरह पीछे की तरफ़ घसीटते, जैसे वह ख़ुद ही पीछे हट रही हो। किसी को ख़बर भी न होती कि कोई उसे ज़बरदस्ती घसीट रहा है। फिर कुछ दूर जाकर उसके सिर पर एक ख़ास ढंग से मुक्का मारते कि वह बेहोश हो जाती। फ़ौरन रीछ चिल्लाता, ''रास्ता छोड़ो भाई ! मेरी बहन बेहोश हो गई है। अरे, कोई हॉस्पिटल के लिए एक रिक्शा तो ला दो !''

और इससे पहले कि लोग रिक्शा लाने के लिए दौड़ते, कुत्ता वह कार ले आता, जिसे हम इसी काम के लिए कहीं पास ही पार्क करते थे।

बेहोश लड़की को लेकर फ़रार होते वक़्त हम कभी तबेले पहुँचने की जल्दी न करते ··· सब अलग-अलग रास्तों से बँटकर जाते, ताकि पकड़े न जाएँ।

नौबतवालों ने मातमी धुन तेज़ कर दी। अब चंद लम्हों में रीछ लड़की के मुँह पर झपटा मारनेवाला था।

''आगे बढ़ो ··· कार सामने ले आओ,'' बंदर ने मुझे टहोका दिया।

अलम उठानेवाला अब दहकती आग के पास पहुँच गया था। शोले लहरा रहे थे। मातम करनेवाले हाथों में चाकू थामे अपने नंगे सीनों से ख़ून उछाल रहे थे ··· हुसैन ··· हुसैन ···

जैसे ही अलम उठानेवाला आग पर पाँव रखेगा, सारा मजमा उधर देखेगा, और उसी वक़्त रीछ का हाथ ···

---

1. भलाई और बुराई; 2. लड़ाई; 3. उन्नति; 4. आक्रमण।

वह लड़की सारी दुनिया के तमाशों से मुँह मोड़े, हाथ फैलाए, इतने इत्मीनान से खड़ी दुआ माँग रही थी, जैसे अलम उठानेवाले पर कोई आँच आ ही नहीं सकती। उसकी नाक में बड़ी छोटी-सी नथ झिलमिला रही थी ··· इतना उजाला, जैसे कोई फ़ानूस जल रहा हो।

फिर रीछ का हाथ फ़ानूस को बुझाने के लिए उठा और मेरा चाकू फ़िज़ा में लहराया ··· हुसैन ··· हुसैन ··· हुसैन !

रेल की पटड़ियों पर पड़ी हुई कहानी

लोग आसमान की तरफ़ यूँ देख रहे थे, जैसे ख़ुदा ज़मीन पर न हो।

पुल के नीचे रेल की टूटी हुई बोगियाँ औंधी पड़ी थीं और नदी की बिफरी हुई मौजें जाने कौन-सी सूरतों को मिटाने पर तुली हुई थीं। सारा जंगल ज़ख़्मियों की चीख़ों से गूँज रहा था।

एक रात गुज़र गई ··· मगर अभी तक बोगियों में फँसे हुए लोग मदद के लिए चिल्ला रहे थे। दबी हुई लाशों को खींचकर नदी के किनारे ले जा रहे थे। किनारे पर लोगों का हुजूम था। काम करनेवाले फ़ौज और हॉस्पिटल के लोग, तमाशाई और बेतहाशा रोनेवाले ··· नदी के किनारे कटी-फटी लाशें पड़ी थीं। आनेवाले उनकी बदबू से उधर जाने की हिम्मत नहीं करते थे। फिर कोई उन्हें पकड़ के इस तरफ़ ले जाता।

''यह है ··· नहीं ··· और यह ··· ?''

''हाँ ··· शायद ··· या अल्लाह, यह मैं क्या देख रहा हूँ,'' अपने अज़ीज़ों, रिश्तेदारों के टूटे-फूटे चेहरे देखकर रोनेवालों की चीख़ों से सारा जंगल गूँज रहा था।

''चलो अपने आदमी की लाश लेकर आगे जाओ ··· सब बारी-बारी आओ ··· मर्दों की लाशें इधर हैं।''

म्यूनिसपैलटी का एक जवान मुँह पर कपड़ा बाँधे हुजूम को कंट्रोल कर रहा था।

मौत की अर्ज़ानी[1] ने ज़िंदा रहने वालों को बेहिस[2] कर दिया था। भला एकसाथ इतने मुरदों को उठाना कोई मामूली काम था। पानी में फूलकर, धूप में सड़कर सारी लाशें इतनी सरकश[3] हो गई थीं, इतनी भारी कि उन्हें उठानेवाले मज़दूर हैरान थे। इन सब मरनेवालों के जीने का मक़सद क्या था। यही कि इस नदी में डूब मरें और बेशुमार लोगों को थका डालें।

''साब मेरा मर्द ... बावा ... बावा ... '' चिथड़े लगाए पागलों की सूरत एक भिखारिन आगे बढ़ी। उसकी गोद में चार-पाँच दिन का बच्चा था और साथ में चार-पाँच रोते हुए नंग-धड़ंग बच्चे।

''चल हट ... बाद में आना ... '' लाशें हवाले करनेवाला उसे धक्का देकर आगे बढ़ा देता था।

''साब मेरा भूरा ... मैं कल से यहाँ बैठी हूँ साब ... रेल में भीख माँगता था। इसी गाड़ी में था साब ... ''

''उफ़्फ़ोह ... दिमाग़ खा लिया इस भिखारिन ने ... चल आगे जा ... वह सामने मुर्दों की लाशें पड़ी हैं। जल्दी-ज़ल्दी देख ... '' उसने भिखारिन को धकेलकर अपने साथी से कहा।

''साली, लाश ढूँढ रही है, जैसे क्रियाकर्म कर लेगी घर जाकर पति का !''

''यह पागल यह भी नहीं जानते कि यहाँ मुफ़्त गढ़ों में लाशों का इंतज़ाम कर दिया है सरकार ने ... ''

''अरी, मिल गया तेरा पति ... साली ज़मीन पर क्या ढूँढ रही है? वह तो आसमान पर पहुँच गया अब !''

''काली लुंगी पहने था और काँधे पर चमड़े की झोली थी ... ''

''अरे, काली लुंगी तो कब की खुल गई होगी साले की। और झोली क्या लुटेरों ने छोड़ी होगी। जब से ट्रेन गिरी है, जो सुनता है, दौड़ा चला आता है लूट करने ... जल्दी देख ... वह काला कपड़ा क्या है ... ?''

''हाँ, शायद यही है ! टाँग पर फोड़ा था उसके ... ''

---

1. सस्तापन. 2. संज्ञाहीन; 3. उद्दंड, अकड़।

"बस, तू जल्दी लाश को उठाओ ··· यहाँ पुलिसवाले किसी को ठहरने नहीं देते ··· "

मगर लाश तो मनों वज़नी हो गई थी। छोटी पाँच दिन की ज़च्चा। भूरा इतना भारी था। उसे कभी न लगा।

"बावा ··· बावा ··· मेरा बावा ··· " नन्हे-नन्हे, भूखे-प्यासे बच्चे बाप की लाश देखकर चिल्लाने लगे।

आठ बरस का मुन्ना आगे बढ़ा कि अम्माँ की मदद करके लाश को सरका सके, मगर बदबू का एक भभका उसकी नाक में घुस गया और वह घबराकर पीछे हट गया।

"या अल्लाह ··· मैं लुट गई। मुन्ने के बापू, तुम बच्चों को छोड़कर कहाँ चले गए !" थकी-हारी छोटी नदी के किनारे सफ़े-मातम[1] बिछाने के इरादे से बैठ गई, मगर एक पुलिसवाला डंडा घुमाता हुआ आया।

"जल्दी लाश उठाओ ··· घर जाकर रोना ··· देर लगाओगी। हम लाश को उठाकर लारियों में डालके ले जाएँगे।"

छोटी डर के मारे घबराकर खड़ी हो गई ··· यहाँ से लाश को ले जाने का मतलब था, एक लारी किराये पर करना। सब लोग अपने लोगों की लाशें इसी तरह ले जा रहे थे। और फिर कफ़न-दफ़न करना ! कौन-सा घर था, जहाँ बैठकर वह बिरादरी को इकट्ठा करनेवाली थी।

स्टेशन के सामने, एक टूटी दीवार के नीचे वह पाँच बच्चों को समेटे बैठी रहती थी। भूरा सुबह ही झोली डाले अजंता एक्सप्रेस से चला जाता था। शाम को लौटता, तो उसकी झोली मुसाफिरों के जूठे खाने से भरी होती थी। छोटी ने दीवार में कीलें गाड़कर एक पुराने थैले की छत डाल ली थी। बारिश और धूप से बचने के लिए सब उसके नीचे बैठ जाते थे। उसी छत तले छोटी पाँच बच्चों की माँ बनी। गुंडे उसे गाँव से उठाकर लाए, तो कई महीने उसे इधर-उधर छिपाकर ऐश करते रहे। फिर एक दिन स्टेशन के सामने पटककर चले गए। उसे होश आया, तो उसकी टाँगें

---

1. शोक की चटाई।

टूट गईं थीं। तब भूरा ही उसके काम आया। महीनों उसने बीमार छोटी की देखभाल की। अपनी भीख के खाने में उसे शरीक किया। छोटी को कुछ याद नहीं है कि वह कब भूरे की दोस्त से बीवी बनी और भूरे ने उसे पाँच बच्चों की माँ बना दिया।

"तू लाश उठाएगी या नहीं ··· कब तक इन बच्चों को लेकर यहाँ खड़ी रहेगी ··· ?"

"बाबू, मेरे पास पैसे नहीं हैं। मैं ज़च्चा भिखारिन हूँ।"

"अच्छा, अच्छा, तो फिर इन बच्चों को लेकर हट जाओ। हम लावारिस लाशों के साथ उसे भी दफ़न कर देंगे ··· यहाँ आओ ··· इस रजिस्टर पर अँगूठा लगाओ ··· कहाँ रहती हो ? ··· तुम्हारे मर्द का नाम क्या था ··· ?"

जब वह लोग भूरे की लाश को घसीटकर लिए जा रहे थे, तो छोटी के साथ-साथ बच्चे भी रोने लगे। छोटी ने इरादा किया कि मुँह पर से कपड़ा हटाकर भूरे की सूरत देख ले, मगर वह आगे बढ़ने की हिम्मत न कर सकी। भूख से रोते-चिल्लाते पाँचों बच्चों को घसीटती हुई वह अपने ठिकाने पर आई, तो आस-पास के भिखारी, खोंचेवाले, रिक्शावाले इकट्ठा हो गए।

"बेचारी माज़ूर[1] औरत है ··· मर्द रेल के हादसे में मर गया ··· पाँच बच्चे हैं।"

दो-चार मिनट भूखे बच्चों का तमशा देखकर सब चले गए। अब उसे मालूम हुआ कि अंधा भूरा ज़िंदगी में कितना उजाला फैलाए हुए था। हमदर्दी के बोल, चावल के दाने तो न थे कि छह पेटों का दोज़ख़ भरता ··· कभी कोढ़ी फ़क़ीर तरस खाके किसी बच्चे के हाथ में रोटी का टुकड़ा थमा देता। लोग दस-पाँच पैसे उसके सामने फेंककर चले जाते। वे सब तो जूठी थालियों का खाना खाकर पले थे। इनके पास हँडिया थी, न चूल्हा। छोटी तो बचा हुआ खाना आस-पास के भिखारियों को बाँट देती थी।

"अम्माँ, मुझे एक झोली ला दे। मैं भी बावा की तरह रेलों में चढ़कर

---

1. लाचार।

भीख माँगूँगा।''

''मगर तू अभी छोटा है। रेल पर कैसे चढ़ेगा ··· गिर पड़ा तो ··· ?'' छोटी ने मुन्ने को बहुत रोका, मगर वह स्टेशन पर रुकनेवाली रेलों के सामने भाग-दौड़ करके दो-एक रुपए ले आता था।

''तेरा नाम छोटी है? क्या तेरा मर्द अजंता एक्सप्रेस के एक्सीडेंट में मरा है?''

एक दिन एक बाबू रजिस्टर लिए उसके पास आया।

''अच्छा, तू कल रेलवे के ऑफिस आ जाना ··· तुझे पाँच हज़ार रुपए मिलेंगे ··· ''

''पाँच हज़ार ··· '' छोटी धक्का खाकर पीछे की तरफ़ लुढ़क गई। पाँच हज़ार की दहशत से उसका सारा बदन काँपने लगा। क्या भूरा इतना क़ीमती था?

पाँच हज़ार रुपए सँभालकर वह बाहर आई, तो सारी दुनिया बदल चुकी थी। उसे सलाह-मश्वरे देनेवालों की भीड़ लगी थी ··· मगर रुपए की क़ुव्वत ने तो जैसे उस पर चौदह तबक़[1] रौशन कर दिए थे, और वह सरमाएदारों की तरह सारी दुनिया को अपना दुश्मन मान चुकी थी।

पेट-भर के खाना खाया। बच्चों को चाय और बन खिलाए। अपने लिए नई साड़ी ख़रीदी और कहीं टीन की छतवाला घर किराए पर लेने के ख़्वाब देखने लगी। अब उसकी टूटी टाँगों में इतना दम आ गया था कि सारे स्टेशन पर दौड़ सकती थी। कैसा अच्छा था भूरा ··· । मरने के बाद भी बच्चों के जीने का सामान कर गया।

रात को छोटी सोती, तो बार-बार भूरा उसके सामने आ खड़ा होता। लाठी के सहारे राह टटोलता उसकी तरफ़ बढ़ता। उसके गंदे कपड़ों की सड़ाँध चारों तरफ़ फैल जाती थी। मैंने उसे कफ़न पहनाया, न दफ़न किया। इसीलिए उसकी रूह भटकती फिरती है।

छोटी ने बार-बार आँखें बंद कीं। फिर देखो, तो सिर पर खड़ा है।

---

1. लोका।

"छोटी ··· छोटी ··· " हाँ बिलकुल ऐसे ही पुकारता था वह बदनसीब !

"छोटी सो गई क्या ··· ?"

वह हड़बड़ाकर उठ बैठी। स्टेशन की रौशनी में भूरा सामने खड़ा था। ख़ाली लुंगी बाँधे, झोली लटकाए।

"कौन ? कौन है तू ?" वह घबरा गई।

"ख़फ़ा हो गई क्या ··· ? भूरे ने एक आशिक़-मिज़ाज शौहर की तरह उसे अपनी तरफ़ खींचा।

"रेल में एक पुलिसवाले से मेरी लड़ाई हो गई थी। उसने ज़बरदस्ती एक स्टेशन पर उतार दिया। मैं भटककर दूसरी गाड़ी में सवार हुआ, तो बंबई ··· "

"तू आ गया ··· ? तू ज़िंदा है ··· ? बाप रे ··· " ख़ौफ़ के मारे छोटी काँपने लगी।

"तू अजंता गाड़ी के उलटने से मर गया था न ! मैं वहाँ देखने गई थी। वह लोग तेरी लाश उठाकर ले गए थे।"

"मेरी लाश ··· ! कहाँ थी ··· ?"

"तू रेल के उलटने से मर गया था। इसलिए स्टेशन के बाबू ने मुझे पाँच हज़ार रुपए दिए हैं।"

"पाँच हज़ार ··· !" भूरा उछल पड़ा। उसकी जान की क़ीमत पाँच हज़ार है। यह तो उसने कभी नहीं सोचा था।

"अब क्या हुआ ! लोग तुझे देख लें कि तू ज़िंदा है, तो रुपए छीन लेंगे।" छोटी दोनों हाथों से सिर थामकर रोने लगी।

अपने वजूद पर भूरा शर्म के मारे ज़मीन में गड़ा जा रहा था ··· कैसी हिमाक़त की है उसने ज़िंदा रहकर ···

"बावा, तू कहाँ से आ गया ?" मुन्ना और बटू भी उठकर बैठे, "वह बदबूवाली लाश क्या तेरी नहीं थी ?"

जब बच्चों ने सुना कि बावा के ज़िंदा रहने पर रुपए छीन लिए जाएँगे, तो वे भी रोने लगे। सबको रोता देखकर भूरा भी रोने लगा। अगर वह

उस रेल में कुचलकर मर जाता, तो पाँच हज़ार रुपए मिल जाते। थोड़ी देर बाद जैसे भूरे को किसी ख़याल ने चौंका दिया और वह अपनी लाठी टटोलते हुए बोला, "छोटी, अपन यहाँ से भाग जाएँगे। जल्दी उठ ! बंबई एक्सप्रेस अब आती होगी !"

सोते-सोते बच्चों को घसीटते, गठरियाँ-पोटलियाँ सँभाले, वे दोनों स्टेशन की तरफ़ भागे, तो भूरा ने एक कपड़े से अपना मुँह ढाँप लिया था ··· ट्रेन धीरे-धीरे स्टेशन से आगे बढ़ी, तो छोटी ने झाँककर देखा। टाट की छत पर लटकते चिथड़े हिल-हिलकर उसे अलविदा कर रहे थे। अच्छा हुआ, मैंने पुराना सामान छोड़ दिया। छोटी ने एक नए महल में दाख़िल होनेवाली महारानी की तरह सोचा।

गाँव का यह स्टेशन बहुत छोटा था। यहाँ एक्सप्रेस गाड़ियाँ नहीं ठहरती थीं। दिन में दो-एक बार कोई मालगाड़ी या पैसेंजर गाड़ी आकर रुकती, तो जाने का नाम न लेती, मगर स्टेशन के सामने टीन की छतवाली झोंपड़ी बड़ी आरामदेह थी। मुन्ना और बटू स्टेशन पर भाग-दौड़कर आदत के मुताबिक़ कुछ माँग लाते थे, मगर भूरा अब बहुत काहिल हो गया था। उसे दारु की लत लग गई थी। छोटी की हँडिया दिन-भर चूल्हे पर चढ़ी रहती थी, क्योंकि यहाँ से ऐसी कोई रेल न जाती थी, जिसके मुसाफ़िरों का जूठा खाना भूरा समेटकर बच्चों के लिए ला देता। धीरे-धीरे सूखी लकड़ियों के साथ पाँच हज़ार रुपए जाने कब जल बुझे ··· पता ही न चला।

अब भूखे बच्चे स्टेशन के मुसाफ़िरों के पीछे भागते। कंगालों की उस बस्ती में सारा दिन भूरा लाठी थामे, ठोकरें खाता फिरता, मगर दो मुट्ठी अनाज से ज़्यादा कुछ न मिलता। सात आदमियों के पेट का दोज़ख़ भड़कता और सब एक-दूसरे को फाड़ खाने की सोचते।

पाँच हज़ार रुपए मिलने की कहानी आज भी वह याद करते, तो ज़न्नत के दरवाज़े-से खुल जाते थे।

"तूने कैसे पहचाना कि वह लाश मेरी है ··· ?" एक दिन भूख बहलाने के लिए भूरा ने फिर वही कहानी छेड़ दी।

"अम्माँ, तो बस रोए जा रही थी, मगर मैंने एक लाश के पास जाकर कहा कि यह तो मेरे बावा की लाश है। बस वे लोग मान गए," मुन्ना अपने कारनामे पर बड़े फ़ख़्र से बोला।

"बड़ा चालाक है रे यह छोकरा ..." भूरा अपनी अंधी आँखें घुमाकर हँसने लगा। भूख बड़ी बुरी बीमारी है, मगर दुनिया के हर दुःख की सबसे बड़ी दवा बच्चे हैं।

"और मैंने भी तो कहा था कि यह बावा हैं। मैं तो ख़ूब रोई थी," बटो चाहती थी कि पाँच हज़ारवाली कहानी में उसका भी हिस्सा हो !

"अरे, मैं तो दुःख के मारे पागल हो गई थी। मैं क्या जानूँ कि तू मरेगा, तो पाँच हज़ार रुपए मिलेंगे।"

"यह तो सरकारी क़ानून है। कोई रेल के नीचे कट जाए या रेल उलट जाए, तो सरकार को जान की क़ीमत देना पड़ती है," भूरे ने उन्हें समझाया। छोटी ने अब बड़े ग़ुस्से में अंधे को घूरा। लाश घसीटकर उन्होंने लारी में डाल दी थी। फिर जाने कहाँ से आ मरा पाँच हज़ार में हिस्सा लेने।

सुबह-सवेरे भीख माँगने भूरा और मुन्ना चले गए, तो छोटी झोंपड़ी के सामने बैठकर बटो के सिर में जुएँ देखने लगी। सामने दूर-दूर तक जंगल फैला था। एक तरफ़ खेतों का सिलसिला था। उनके आगे बनजारों की आरिज़ी[1] झोंपड़ियाँ थीं। यह लोग नई रेलवे-लाइनें बिछाने आए थे। खेतों के बीच में से पतली-सी सड़क गाँव की तरफ़ जाती थी।

किसी रेल के आने का वक़्त था, और हरी झंडी दिखानेवाले बाबू के साथ दो-चार लोग इधर-उधर भाग-दौड़ कर रहे थे।

एक माल-गाड़ी तेज़ी से आई और स्टेशन पार करके आगे बढ़ी ... फिर एक ज़ोरदार धमाके के साथ अचानक रुक गई।

शायद इंजन पटरी से उतर गया। लोग उधर दौड़ने लगे।

"कोई रेल के नीचे आ गया है। शायद बकरी थी ... नहीं कोई

---

1. अस्थायी।

बच्चा ... '' लोग चिल्ला रहे थे।

''टुकड़े-टुकड़े हो गया। बनजारों का बच्चा था !'' लोग चिल्ला रहे थे।

बटो और छोटी भी उधर दौड़ीं। बटो ने ख़ून में डूबी लाश देखी, तो उसके पास जाकर चिल्लाने लगी, ''यह मेरा भाई है मुन्ना ... मुन्ना है यह ... अम्माँ, अम्माँ ... मुन्ना रेल के नीचे आ गया !''

''मुन्ना ... !'' छोटी चकरा गई। दिल में किसी ने भाला उतार दिया।

''सब लोग हट जाओ। यह मेरा भाई है,'' बटो जैसे ख़ुशी से पागल हुई जा रही थी। पूरा स्टेशन लोगों से भर गया। छोटी दीवार के सहारे आँखें बंद करके खड़ी हो गई।

''बावा, बावा, मुन्ना रेल के नीचे आ गया। मैंने उसे पहचान लिया है !'' दूर से बावा को आते देखकर बटो चिल्लाने लगी। फिर मुन्ना को बावा के साथ देखा, तो बिसूरते हुए आहिस्ता से बोली, ''मुन्ना ! तू इस वक़्त कहाँ से आ गया ... ?''

●●●